시대의 우울

최영미의 유럽 일기

창비

시대의 우울

초판 1쇄 발행/1997년 5월 30일
초판 25쇄 발행/2020년 11월 25일

지은이/최영미
펴낸이/강일우
펴낸곳/(주)창비
등록/1986년 8월 5일 제85호
주소/10881 경기도 파주시 회동길 184
전화/031-955-3333
팩시밀리/영업 031-955-3399 · 편집 031-955-3400
홈페이지/www.changbi.com
전자우편/lit@changbi.com

시대의 우울

최영미의 유럽 일기

차례

7　　런던

23　　빠리 1

31　　브뤼쎌

37　　쾰른

54　　밀라노

60　　로마/아씨지

68　　빠리 2

79　　마드리드

91　　니스

99　　피렌쩨

112　　뮌헨

149　　프라하

153　　빈

172　　베네찌아

196　　빠리 3

225　　에필로그

227　　작가 후기

229　　그림 목록

런던

그해 겨울 런던의 히스로우 공항에 도착해 피웠던 첫 담배의 맛을 나는 영원히 잊지 못하리라.

아무도 날 쳐다보지 않았다.

숨을 크게 들이쉬며 주위를 둘러보았지만 여자가 담배 피운다고 수상하게 바라보는 시선이 없었던 것이다. 내겐 최초의 유럽여행인데다 첫 기착지였음에도 불구하고 긴장되기는커녕 안도감과 해방감이 밀려들었다. 마중 나온 친구도 없고 당장 그날의 잠자리도 정해놓지 않은 상태인데도 조금도 불안하지 않았다. 내 눈앞에서 느긋하게 피어올랐다 사라지는, 그 흐릿한 회색빛 연기의 잔영에 취해서였을까. 이국의 풍경이 낯설어 보이지 않았다. 이방인인 날 밀어내지 않고 편안하게 받아들일 것 같은 착각이 들었다.

1995년 11월 4일. 나의 첫 유럽여행이 시작되었다.

실제로 경험한 런던은 날 반기기도 하고 밀어내기도 했다. 공항에서 시내로 들어오는 지하철 안에서 마주친 영국인들의 침묵은 가공할 만한 것이었다. 죄송하다는 안내방송도 없이 열차가 중간에 몇차례 멈추어 서는데도 승객들은 불평 한마디 없이 앞만 쳐다보고 있었다. 마치 데드마스크처럼 딱딱하게 굳은 얼굴들은 표정이 없었다. 차창 밖의 거리풍경도 생기가 없고 무겁게 가라앉은 쓸쓸한 분위기였다.

나중에 한국에 돌아와 유럽 역사를 전공하는 선배에게 런던에 대한 나의 첫인상을 토로한 적이 있었다. "영국은 망해가는 나라야. 80년대 이후론 GNP에서도 이딸리아에 뒤지지." 설마, 그럴리가…… '영국' 하면 언제나 유럽 최강국에 부자 나라라고 생각했는데 망해가다니. 그렇다면 그날 밤 런던의 지하철에서 내가 목격한 그 끔찍한 침묵은 노쇠한 문명의 끝자락에서 나온 무기력이었나.

그 딱딱한 영국인들은 여행 첫날부터 뜻밖의 친절로 날 놀라게 했다. 공항의 여행자안내소에서 소개한 호텔을 찾아 싸우스켄징턴 근처의 전철역에 내렸을 때의 일이다. 무거운 짐가방을 끌고 계단을 올라가려는데 웬 젊은이가 다가와 말을 붙였다. "내가 당신의 짐을 들어주기를 원합니까?"(Do you want me to carry your baggage?)

W—A—N—T! '원하다'란 동사가 생소해 귀에 박혔다. 난 이런 질문에 익숙지가 않다. 상대에게 뭘 원하냐고 묻는 경우가 한국에선 드문 까닭이다. 반갑기도 하고 당황스럽기도 했다. '이 자가 무슨 꿍꿍이로 생판 남인 나에게 이런 호의를 보이나. 혹 소매치기 아닌가.' 나는 그를 아래위로 훑어보며 잠깐 망설이다 짐을 맡겼다. 그는 덥석 내 가방을 들더니 성큼성큼 층계를 올라가서는 땅바닥에 내려놓았다. 그리곤 뒤도 안 돌아보고 어둠속으로 사라졌다. 미처 인사할 틈도 주지 않

고…… 의심했던 내가 한없이 부끄럽게시리.

나의 첫 유럽여행은 렘브란트(Harmensz van Rijn Rembrandt, 1606~69)의 자화상을 보기 위해 떠난 거나 마찬가지였다. 몇년 전 서울의 한 서점에서 우연히 마주친 그림에 매료되어 어느 잡지에 글을 쓴 적이 있었다.

(…) 어떤 그림이나 글을 보고 받은 최초의 감동이 채 지워지지 않은 상태에서 무엇이 어떻게 좋은가를 논하는 건 조금 위험할지도 모른다. 마치 마취가 덜 깬 상태에서 입술을 움직여 말하는 것처럼 어설프고 두서가 없을 터이다. (…) 서점에 가득한, 서로 읽어달라 아우성치는 책더미 속에서 하나의 눈빛이 내게로 왔고, 그 순간 내 속의 무언가가 무너져내렸다. 표지그림인 「켄우드 자화상」(1663~65년)에서 날 사로잡은 것은 바로 그 으스스한 시선이었다. 임빠스또(Impasto, 캔버스에 물감을 두텁게 칠하는 유화기법), 끼아로스꾸로(Chiaroscuro, 강렬한 명암대비)의 대가 등등의 온갖 잡다한 미술사적 지식으로 무장한 나를 단숨에 무장해제시켰던 눈. 모든 것을 꿰뚫어보는 듯한, 지평선 저 너머를 이미 보아버린 사람의 눈.
이제까지 마주친 현실세계의 어떤 눈빛이 그처럼 날 오싹 뒤흔들어놓은 적이 있던가? 내 눈에 매달려 떨어지지 않는 영상, 바깥세상의 온갖 자질구레한 일상을 지우고 껍데기뿐인 시시한 관념들을 날려보낸 하나의 순수한 시선에 압도당한 나는 한동안 우두커니 서 있었다.
———「예술가의 초상」,『창비문화』 1995년 1－2 창간호

렘브란트에 붙들린 한동안이 무한정 길어진 것은 그 무렵 내가 속이 허했기 때문이리라. 그해 여름 6년이나 끌던 대학원 졸업논문을 억지로 마무리한 뒤 나는 심한 허탈감에 빠져 있었다. 한마디로 모든 게 시들했다.

나는 내가 지평선 저 너머를 이미 보아버렸다고 짐짓 한탄했다. 문학이니 학문이니 하는 것들도 아무 쓸모 없는, 일종의 정신적 딸딸이로밖에 여겨지지 않았다. 왜 시를 계속 안 쓰느냐는 물음에 '나는 시 쓰는 기계가 아니다'라고 강변하며 그런 상투적인 질문을 던지는 사람들을 속으로 경멸하곤 했다. 텔레비전과 신문에선 비자금 폭로니 전직 대통령 소환이니 떠들어댔지만 나는 그 모든 시끌법석이 결국은 한판의 깜짝쇼로 끝날 거라고 체념했다. 하얀 고무신과 포승 찬 손목을 클로즈업해 터지는 카메라 플래시들. 채널마다 수없이 되풀이 보여주는 정지화면에 분노와 동시에 염증이 치밀었다. 지금은 온 나라가 떠들썩하지만 조금만 시간이 지나면…… 뻔한 일 아닌가.

그리고…… 또 있다. 나는, 잔치가 끝났다고, 말한 적이 없다. 내 시에 가해지는 어처구니없는, 공공연한 오역들에 대해 나는 때로 침묵하고 때로 맞섰다. 그러나 그 또한 헛되지 않았던가.

세상의 모든 노래, 모든 몸짓에 싫증이 난 어느날 아침 나는 불현듯 여행을 꿈꾸었다. 어서 어딘가에 날 집어넣어야 살 것 같았다. 새롭고 싱싱한 삶의 실감을 얻고 싶었다. 그래서 나는 서둘러 이땅을 떠났다.

렘브란트는 하나의 핑계였는지 모른다. 물론 그에게서 내 인생의 풀리지 않는 문제들에 대해 답을 듣고 싶었지만, 그러나 나는 알고 있었다. 그가 결국은 아무 말도 하지 않으리라는 것을. 하지만 그걸 확인하기 위해서라도 그를, 그의 자화상을 직접 대면해야 했다.

렘브란트, 켄우드 자화상, 1663년

Kenwood: Hampstead Lane, NW3, London

Tel: 0181-348-1286

1995년 11월 6일 아침. 서울의 영국문화원에서 얻은 주소 하나만 달랑 들고 런던 시 변두리에 위치한 켄우드 하우스를 찾아나섰다. 버스에서 내려 숲 사이로 난 길을 십분쯤 걸어가니 고전풍의 고아한 저택이 나타났다.

실내에는 벽난로와 팔걸이 의자 등 가구들이 그대로 보존되어 있었다. 도무지 미술관답지 않게 사사롭게 꾸며진 분위기에 의아해하다 입구에서 나눠준 팜플렛을 읽었다. 1700년경에 세워진 맨스필드 백작의 저택으로 후대에 상속인이 소장품과 함께 국가에 기증했다는 내력이 시시콜콜 적혀 있다. 어쩐지 아까 현관에서 외투를 받아 거는 안내원 아저씨들의 거동이 수상했다. 유서 깊은 가문의 집사처럼 매너가 점잖고 깍듯했던 것이다.

드디어 렘브란트를 보는구나, 설레는 마음으로 「켄우드 자화상」이 있는 방으로 곧장 걸어 들어갔다. 비행기를 타고 지구를 반 바퀴 돌아 물어물어 찾아온 길. 기대가 너무 커서였을까. 막상 원작을 대하니 별다른 감흥이 일지 않았다. 전체적으로 어두운 톤의 초상화일 뿐, 복제된 사진에서처럼 으스스한 기운은 느껴지지 않았다. 실망하여 2미터쯤 뒤로 물러섰을 때 그림이 다시 보였다. 축 처진 입가의 주름살에선 세파에 시달린 흔적이 역력하나, 잔뜩 찌푸린 양미간에 모아진 저 당당한 에고(ego)는 세상의 누구도 건드릴 수 없을 것 같다.

한 손에 빨레뜨와 붓을 들고 관람객을 노려보는 렘브란트. 그의 등 뒤에 새겨진 두 개의 반원이 무얼 뜻하는지에 대해선 의견이 분분하다. 우주를 상징한다는 설이 내겐 가장 그럴듯해 보였다. 스스로 미술세계의 제왕임을 선포하는 노화가의 무지막지한 자기확신이 부럽기도 하고 무섭기도 했다.

그래도 뭔가 부족하다. 이게 다였나? 헛헛한 마음으로 발길을 돌렸다.

작품을 감상하는 데 급급해 무심코 지나쳤지만 여기는 원래 켄우드(Kenwood), 즉 숲이었다. 미술관 1층 식당에서 반쯤 마시다 만 포도주를 들고 바깥으로 나왔다. 날씨가 화창한 게 봄날 같았다. 미술관 뒤편으로 탁 트인 넓은 공원이 펼쳐져 있었다. 멀리 언덕 아래의 호숫가엔 물새들이 한가로이 노닐고, 나무 잎새들이 정오의 햇살에 눈부시게 빛났다. 내가 꿈꾸어오던 평화가 거기에 있었다.

이게 말로만 듣던 영국식 정원의 매력이라는 건가. 저 호수는 인공으로 조성된 건가? 아니면 자연 그대로의 모습을 살린 건가? 아름다운 경치에 혹하면서도 궁금했다. 혹 호숫가에 가까이 가보면 진위를 알게 될지도 모른다. 그러나 야트막한 언덕을 반쯤 내려가다 말고 나는 도중에 돌아섰다. 차라리 모르는 채로 남겨두는 게 더 나을 듯해서였다. 아무려면 어떤가. 지금 이 순간을 즐기면 될 뿐이지. 너무 매사를 따지려만 드는 내가 한심하기도 하고 아침부터 미술관을 찾느라 동분서주해 몸이 고단했던 것이다.

가끔씩 개를 데리고 산책 나온 늙은이들만 어슬렁 지나갈 뿐 사위가 적막했다. 나무 벤치에 누워 울창한 숲을 건드리고 지나가는 바람소리를 들으며 참으로 오랜만에 긴 휴식을 취할 수 있었다. 마음의 빗장을 풀어놓았다. 나는 세상의 모든 걸 잊고, 렘브란트도 잊고, 그의 냉정한 눈빛 속에 감춰진 미쳐 날뛰는 격정도 잊고, 그를 찾아 떠나왔던 먼 길도 잊고, 그리하여 마침내 나를 잊었다.

런던의 호텔에서 어느날 일찍 잠이 깬 나는 창문 너머 새벽 하늘을 쳐다보고 있었다. 어디선가 읽은 씰비아 플라스(Sylvia Plath, 1932~1963)의 말이 생각났다.

내 시들은 동이 트기 전, 우유 배달부가 오기 전, 거의 영원에 가까운 푸른 새벽에 씌어진 것입니다.

그러나 그 영원에 가깝게 푸르던 하늘빛은 어느덧 사그라져 밋밋한 회색으로 변해갔다. 이제 우유 배달차가 지나가고 번잡스러운 일상이 시작되는 아침이 올 것이다.

이 여행이 끝나면 나 또한 저 시끌한 일상으로 돌아가야 하리라. 그러나 지저분한 건 오히려 삶인지도 모른다. 삶은 때로 우리를 속일지라도 생활은 우리를 속이는 법이 거의 없다. 그것은 때맞춰 먹여주고 문지르고 닦아주기만 하면 결코 우리를 배반하지 않는다. 일상은 위대하다. 삶이 하나의 긴 여행이라면, 일상은 아무리 귀찮아도 버릴 수 없는 여행가방과 같은 것. 여행을 계속하려면 가방을 버려선 안 되듯, 삶은 소소한 생활의 품목들로 나날이 새로 채워져야 한다.

그 뻐근한 일상의 무게가 없으면 삶은 제자리를 찾지 못해 영원히 허공을 떠돌 것이다.

런던을 떠나기 전날, 템즈 강변에 위치한 테이트 갤러리(Tate Gallery)를 방문했다. 그런데 하마터면 마크 로스코(Mark Rothko, 1903~70)를 못 보고 놓칠 뻔했다.

이곳은 콘스터블(John Constable)이나 터너(J. M. W. Turner) 등 근현대 영국 화가들의 컬렉션으로 유명해, 러시아 출신의 유태계 망명객

테이트 갤러리에 있는 로스코의 방

인 미국 화가의 작품을 만나리라곤 미처 예상하지 못했다. 게다가 그의 작품들로만 꾸며진, 그의 이름이 붙여진 전시실이 따로 있을 줄이야. 나중에 안 사실이지만 여기엔 사연이 있었다.

테이트 갤러리에 걸린 로스코의 그림들은 원래 뉴욕에 있는 씨그램(Seagram) 빌딩의 포씨즌(Four Season) 식당의 벽을 장식하기 위해 주문제작되었다. 그런데 완성된 작품의 색채들이 너무 어둡다고 퇴짜를 놓는 바람에 바다 건너 런던의 미술관으로 옮겨진 것이다. (하긴 나라도 그 음울한 색채들에 둘러싸여 식사를 한다면 밥맛이 떨어질 테지만) 이 일화는 그의 색면회화(Color-Field Painting, 1940년대 후반부터 1950년대에 걸쳐 뉴욕을 중심으로 일어난 추상표현주의의 한 갈래)가 갖고 있는 서정적 울림이 그만큼 강렬하다는 것을 역설적으로 말해준다.

'로스코의 방'에 들어서서 맡은 비릿한 물감 냄새는 날 자극하면서 동시에 가라앉히는 묘한 힘을 갖고 있었다. 잭슨 폴록(Jackson Pollock)처럼 뜨겁게 폭발하면서도 몬드리안(Piet Mondrian)처럼 차갑게 정돈된 추상. 아니, 그건 차라리 피 냄새였다.

사방 벽을 가득 채운 대형 캔버스들은 모두 검정과 빨강의 변주로 이루어진 하나의 쎄트 그림이다. 서로 겹쳐지며 윤곽이 뭉개진 사각형들은 그 추상적 형태에도 불구하고 우리에게 현실세계의 어떤 기억들을 환기시킨다. 러시아에서 태어난 유태인으로 열살 때 미국으로 망명한 화가. 그 곡절 많았을 삶이 구체적으로 어떠했는지 나는 알지 못한다.

그러나 그 색채의 바다에 떠 있는 가장자리가 닳은 칙칙한 모서리들을 들여다보면 때로 호수에 비친 나무들의 검은 그림자가, 화가가 어릴 때 떠나온 발트해 연안의 작은 시골마을의 음산한 밤풍경이 떠오르기도 한다. 그리고 때론 서울의 어느 뒷골목에 버려진…… 가슴 깊은 곳에 뭉쳐 있던 진한 감정의 응어리들이 치밀어온다.

분명하게 드러나지 않는, 드러낼 수 없는 생의 흔적들. 딱히 누구를 향한 것도 아닌, 날짜도 주소도 없는 그리움과 회한이 조용히 우리를 전율케 한다. 그 거무죽죽한 물감에는 남몰래 흘린 피가 몇방울 섞여 있었던 것이다.

검은 상처의 블루스와 같은 그림만 그리다 그는 결국 자살했다. 그의 나이 67세에.

여행에서 돌아온 후 어느날 나는 서울의 전철 안에서 로스코의 그림 엽서를 들여다보다 새로운 사실을 발견했다. 「검정 위에 밝은 빨강」(1957년)이란 제목의 작품이었는데 그 겹쳐진 색면들이 내겐 '빨강 위에 검정'으로 보였다. 이 도치는 어떻게 이해하면 좋을까. 빨간색을 먼

로스코, 검정 위에 밝은 빨강, 1957년

세 여신 (파르테논 신전의 동쪽 박공), 기원전 438~432년경

저 화면 전체에 바르고 시작한 것인가 아니면 검정으로 바탕칠을 한 것인가.

그리고 더욱 흥미로운 것은 화면의 맨 위에 숨어 있는 희미한 붉은 사각형의 존재였다. 이른바 '빨강 위에 밝은 빨강'이 포개진 모습이라 여태 눈에 띄지 않았던 것이다.

테이트 갤러리에서 나는 눈멀었던 게 아닌지. 로스코를 직접 보았다고 자부했던 스스로가 부끄러워졌다. 나는 바탕에 칠해진 빨강의 '속'을 보지 못한 것이다.

1996년 4월 29일 아침. 나는 다시 런던의 히스로우 공항에 내렸다. 이번에는 어머니와 함께 떠난 유럽여행이었다.

4월 말인데도 런던은 여전히 바람이 불고 쌀쌀했다. 그러나 봄은 봄이었다. 몸으로 체감되는 추위와 딴판으로 거리엔 벚꽃과 튤립 등 온갖 꽃들이 만발했다. 여기도 꽃샘추위가 있나보다고 어머니가 감탄했다. 그 만개한 '자연의 봄' 속으로 두터운 겨울 외투를 걸친 사람들이 유유히 지나가는 모습이 처음엔 무척 야릇해 보였다. 이네들은 우리처럼

디오니쏘스(파르테논 신전의 서쪽 박공), 기원전 438~432년경

겨울과 봄을 달력 넘기듯 기계적으로 구분하지 않는다.

대영박물관, 버킹엄 궁전, 런던 탑 등 관광명소들을 수박 겉 핥기 식으로 훑으며 런던에서 사흘간 머물렀다. 때로는 그 '겉'도 제대로 훑지 못하고, 대영박물관을 방문했을 때처럼 입장한 지 한 시간 만에 관람을 중도포기하고 나온 적도 있었다.

이집트, 터키, 그리스 등지에서 출토된 고대의 대리석 조각들이 내겐 차가운 돌덩이 이상의 어떤 심오한 예술적 의미로 다가오지 않았다.

19세기 초 영국의 엘진(Elgin) 경이 아테네의 고대 유적에서 발굴해 오늘날 대영박물관의 최대 보물이 된 엘진 마블즈(Elgin marbles) 앞에서 나는 탄식했다. 참, 어지간히도 긁어모았구나. 에게해에서 대서양까지, 무수한 산과 바다를 건너온 조각품들은 대부분 팔이 떨어져가고 머리가 잘려 있는 등 온전치 못한 상태였다. 흡사 부상당한 패잔병들처럼. 한때 아끄로뽈리스 언덕에 우뚝 서서 뜨거운 남국의 햇살을 받으며 눈부신 위용을 뽐냈을 신상(神像)들이 이제 어둠침침한 전시실의 한구석에서, 창백한 전깃불 아래 관광객을 기다리는 신세로 전락하다니. 한자리에 모인 폐허의 흔적들이 가련해 보였다.

1996년 4월 30일. 다음날 런던을 떠날 예정이라 그동안 미적거리느라 구경하지 못한 미술관과 관광명소들을 한꺼번에 돌아보기로 작정했다. 아침 일찍 일어나 버킹엄 궁전을 보고 난 뒤 내셔널 갤러리(The National Gallery)로 향했다. 이곳엔 고딕에서부터 현대에 이르기까지 서양미술의 걸작들이 시대순으로 전시되어 있다. 양식의 변천사를 한눈에 볼 수 있는 좋은 기회라서 나는 공책을 들고 부지런히 메모하며 돌아다녔다. 그런데 문제는 어머니가 그림에 별다른 관심이 없다는 거였다. "내가 이런 걸 봐 무엇하니?" 하시면서. 한 두세 시간쯤 지났을까. 내가 이 방 저 방으로 정신없이 드나드는 동안 어머니는 한쪽 구석에 가만히 앉아 있어야 했다. 혼자 무료한 시간을 보내시는 어머니께는 죄송했지만 어쩔 수 없었다.

런던 탑. '탑'이라고 해서 그냥 높고 길죽한 구조물 하나만 달랑 서 있겠거니 예상한 게 잘못이었다. 사방이 성벽들로 둘러싸인 가운데 로마네스끄 양식의 둔중한 고성들이 십여 채 빙 둘러서 있는, 그건 탑이 아니라 하나의 성채였다.

방문객용 안내서를 보고 오해가 풀렸다. 런던 탑의 역사는 중세의 왕궁에서부터 시작되었다. 11세기에 노르만 왕조의 초대국왕인 정복자 윌리엄의 명에 의해 중앙의 흰 탑이 세워진 이래로, 에드워드 1세가 기거했던 중세의 궁전, 감옥으로 쓰인 '피의 탑' 등이 속속 들어서 오늘의 모습을 갖추었다고 한다.

어디를 어떻게 구경하겠다는 계획도 없이 단체관광객들에 떠밀려 이리저리 돌아다녔다. 영화 「천일의 앤」에서 연상되는 무시무시한 감옥의 이미지와는 다르게, 여느 귀족의 저택 못지않게 호사스럽게 꾸며

런던 탑

진 실내를 보니 왠지 영국 왕실에 한방 먹은 기분이었다. 같은 죄수라
도 왕가의 피붙이나 높은 신분의 사람들이 유폐되는 곳이니 예우를 갖
춘 걸까. 그래도 감옥은 감옥인지라 낮에도 해가 거의 안 들게 창 구멍
이 작고 돌계단들이 좁고 가팔랐다. 음침한 권력의 밀실에서 벌어졌을
음모와 술수가 가히 짐작되었다.

영국 왕실의 대관식 실황을 담은 필름을 지겹도록 보여주고 또 보여
주는 '보석의 집'에 이르자 사람들이 길게 줄을 서 있었다. "이딴 걸 뭐
하러 봐요 어머니. 이제 그만 가죠." "아니다 애. 난 더 볼란다. 가고 싶
으면 너나 가라." 모녀가 소리내어 다투다 할 수 없이 어머니의 뒤를 쫓
아 들어갔지만 난 좀 피곤했다. 그래서 보석의 집에서 나와 어머니에게
지금부터는 각자행동을 하자고 제안했다. 말리는 날 뿌리치고 기어이

탑에 올라가신 어머니를 기다리며 나는 정원의 벤치에 앉아, 한동안 굶었던 담배를 맛있게 피웠다.

런던 탑을 나와 숙소로 돌아오다 우리는 그만 길을 잃었다. 버스를 잘못 갈아타 엉뚱한 데 내려버린 것이다. 옥스포드 써커스 근처였던 것 같다. 그냥 내린 자리에서 택시를 타고 주소를 대면 편히 갈 것을, 나는 괜히 호기를 부렸다. 진짜 런던 토박이처럼 주소만 있으면 어디든 찾아갈 수 있다는 것을 나 자신에게 증명하고 싶었나보다. 지도에 의하면 숙소에서 그리 멀지 않은 곳 같아 걸어가기로 작정하고 부근을 몇바퀴 돌며 헤매다 보니 어느새 저녁때가 다 되었다. 배도 고프고 다리도 아팠다. 결국 두손들고 택시를 탈 수밖에.

눈도 제대로 못 뜰 정도로 녹초가 되어 호텔로 돌아온 그날 밤, 여행 떠나 처음으로 나는 후회했다. 어머니를 위해서라도 차라리 따로 오는 게 더 좋았을 것을, 단체관광단에 끼여왔으면 보여주는 대로 편하게 구경하실 수 있었을 텐데……

그리고 그때부터 슬슬 고민하기 시작했다. '모처럼의 해외 나들인데 원없이 구경시켜드려야지'와 '어머니를 언제 서울로 보내드릴까' 사이에서 나는 갈등했다.

가끔씩 삐걱거렸지만 그후 이십여일간 유럽을 함께 여행하며 어머니와 난 서로를 더 잘 이해하게 되었다. 비로소 나는 당신이 무엇을 좋아하고 싫어하는가를, 세끼 밥 같이 먹고 한방에 누워 잠들며 조금씩 알게 되었다. 지난 삼십여년 동안 나눈 것보다 더 많은 이야기를 이십일 만에 주고받은 것이다. 그동안, 그 오랜 세월이 흐르도록 어머니와 딸이 진정한 대화는 거의 하지 못하고 살아왔다는 걸 깨달았다. 그건 놀라운 발견이었다. 이 여행이 끝나면 나는 다시 일산의 내 아파트로, 어머니는 서울 평창동의 연립주택으로 돌아갈 것이지만……

빠리 1

빠리는 매우 우아하고 아름다운 도시입니다. 뉴욕의 거친 무질서
에 익숙해진 눈으로 보기엔 지나치게 형식적이고 달콤할 정도로, 모
든 것이 가장 조화로운 전체를 이루기 위해 계획된 듯이 보입니다.

미국의 화가 에드워드 하퍼(Edward Hopper, 1882~1967)가 빠리에
도착한 직후에 고향의 어머니에게 보낸 편지의 한 구절이다. 빠리에
대한 나의 첫인상은 20세기의 벽두에 미국에서 온 촌뜨기 화가 하퍼가
묘사한 것처럼 세련과 우아 그 자체였다. 그러나 그게 그렇게 달콤한
것만은 아니었다.

1995년 11월 12일. 빠리에 도착해 내가 가장 신기해 한 것은 도대체
이 도시엔 같은 게 하나도 없다는 사실이었다.
거리마다 가로등의 모양이 다 다르고, 신용카드 영수증 양식이 가게
마다 다르고, 집집마다 발코니의 창살 생김새가 다르다. 그 분방한 개
성이, 나면서부터 획일적인 생활문화에 익숙해져 있던 내겐 충격이었

빠리의 가로등. '나는 사랑한다' 는 내용의
낙서가 칠해져 있다.

다. 화장실에 들어가면 수도꼭지가 어디 붙어 있는지 찾느라 두리번거렸고, 찾은 후에는 이걸 올려야 할지 내려야 할지를 연구해야 했다. 게다가 역이나 공항의 공공화장실엔 샤워기가 장치된 곳이 많아 스위치를 잘못 누르면 물벼락을 맞을 수 있다는 얘기도 들은 터라, 혹시 실수할까봐 전전긍긍했다.

가장 견디기 힘들었던 것은 먹는 것과 관계된 문제였다. 제대로 된 레스또랑에서 저녁을 먹으려면 우선 웨이터와 눈 마주치는 데 십분, 주문하는 데 십분, 전채—메인 디시—후식 등 차례로 나오는 음식을 다 먹는 데 평균 한 시간 가량 걸린다. 그리고 끝으로 계산하는 데 또 십분. 그래서 저녁식사를 마치고 나오면 이미 어둑어둑한 밤이기 십상이었다. 이렇게 격식을 갖춰 오래 뜸을 들여 하는 식사가 내겐 여간 짜증나는 일이 아니었다. 그래서 나는 빠리에 체류하는 동안 돈도 아끼고 시간도 아낄 겸 싸구려 바(Bar)나 맥도널드 등 패스트푸드점을 애용했다.

차츰 나는 이 도시가 좋아졌다. 겉모습의 세련보다는 내면의 세련에 더 마음이 끌렸다. 서로 모르는 사이인데도 거리에서 눈만 마주치면 '봉주르'(안녕하세요), 전철 안에서 옷깃만 스쳐도 '빠르동'(죄송합니다), 무슨 큰 죄나 저지른 듯이 호들갑(?)을 떠는 사람들이 처음엔 좀 이상해 보였다. '얘네들은 기본적인 인사말을 몇개 입에 넣고 다니다가 습관처럼 하나씩 내뱉는 게 아닌가' 삐딱한 오해도 했다.

그러나 단순히 겉치레라고만 할 수 없는 진짜 매너도 많았다. 상점이나 은행 등 출입이 빈번한 장소에서 뒷사람을 위해 무거운 문을 잡아주는 모습은 정겨웠다. 이처럼 타인, 특히 노인이나 여성 등 약자에 대한 따뜻한 배려가 사회 전반에 뿌리내린 나라. 일종의 제도화된 친절이 국민상식으로 자리잡은 나라 프랑스.

CE PLAN VOUS EST OFFERT PAR LA RATP
THIS MAP IS OFFERED BY THE RATP
QUESTA PIANTA VI VIENE OFFERTA DALLA RATP

Paris Plan de Poche
Bus and Metro network pocket map
Parigi, Pianta tascabile
RATP

빠리 지하철과 버스 노선도의 표지

　여기 사람들은 서두르는 법이 없다. 공중전화 앞에서 앞사람이 통화를 끝낼 때까지 십분이고 이십분이고 마냥 서서 기다린다. 우리나라 같으면 살인이라도 났을 텐데. 이들의 옷차림에서부터 걸음걸이, 식사 매너, 눈빛에 이르기까지 속속들이 배어 있는 부드러운 무엇. 나는 이걸

'삶의 여유'라고밖에 달리 표현할 바를 모르겠다.

빠리의 모든 전철과 버스의 운행노선이 담긴 포켓용 시내 교통지도의 표지엔 청소부 아저씨들의 일하는 모습이 그려져 있다. 우리 식으로 하면 환경미화원에 해당하는 노동자들이 길바닥을 쓸며 가로수를 다듬는 장면이 수도 빠리를 대표하는 거리풍경으로 표지에 등장한 것이다. 여기는 열심히 일하는 사람들이 대접받는 나라구나! 과연 혁명을 경험한 나라는 다르다는 생각도 들었다. 우리 같으면 어떻게 했을까. 세종대왕이나 이순신 장군의 위풍당당한 초상을 그려넣었을 것이다.

나는 빠리를 '보았다'기보다는 '발견했다'는 게 더 정확한 표현이리라. 그만큼 그것은 내게 전혀 새로운 세계였다. 아시아의 동쪽 끝 한반도. 그 동강 난 허리의 반쪽, 대한민국에서 삼십년 넘게 아등바등 살아온 나. 지지고 볶는 우리 동네말고 다른 세상이 있다니. 아, 이렇게 살수도 있구나 싶었다.

물론 빠리에도 어두운 그늘이 있을 것이다. 나처럼 반짝 왔다 가는 여행자 눈에는 보이지 않는 어두운 구석이 있을 것이다. 겉이 화려한 만큼 속병이 깊을지도 모른다.

도취의 며칠이 지난 뒤 나는 왠지 이 도시의 잘 다듬어진 아름다움에 저항하고 싶어하는 자신을 발견했다. 초겨울의 햇살이 이마 위에서 따사롭게 부서지던 어느날 오후, 나는 쎄느 강변의 노천 까페에 앉아 신문을 읽고 있었다.

전쟁으로 폐허가 된 보스니아 어느 마을의 망가진 집 한구석에서 놀고 있는 아이들. 아프리카 난민수용소의 섬뜩한 풍경. 어디선가 비행기가 폭발하고, 어디선가 남편이 아내를 살해해 쇠고랑을 차고, 어디선가 정부군과 반군 사이에 전투가 한창이다. 지금 이 순간에도 누군가 굶주리고 피 흘리고 죽어가고 있다.

세계가, 온갖 고통에 찬 세계가 바로 저 강 너머에서 숨가쁘게 아우성치고 있는데 여기, 이 강변만이 이토록 눈부시게 빛나도 되는 것인지. 까페오레를 마시며 나는 곰곰이 생각에 잠겼다. 묵직하고 쓰디쓴 회의가 목에 걸렸다.

1996년 5월 1일. 나는 다시 빠리에 왔다. 북역에 도착하니 미리 전화로 부탁한 대로 동창생 Y가 마중 나와 있었다. 그가 운전하는 차를 타고 어머니와 나는 눈요기로 힐끗 시내관광을 마쳤다. 마침 노동절이라 거리에 사람들이 넘쳐흘렀다. 샹젤리제, 개선문, 에펠 탑, 마드레느 사원 등 시내 중심가를 한바퀴 돌았다. 날씨는 런던과 비교할 수 없을 만큼 따뜻했다. 얼마 만에 맡는 봄 기운인가. 감격한 것은 한국을 떠난 지 사흘밖에 되지 않았지만 런던의 음습한 날씨에 넌더리가 났던 탓이다.

Y가 예약해놓은 쏘르본느 근처의 호텔에 여장을 푼 뒤, 빠리에서 7년째 유학중인 그에게서 유럽관광에 관한 강의(?)를 들었다.

쎄느 강 유람선인 바또무슈는 밤 열시경에 타서 보는 야경이 제일 멋있다. 레스또랑에 들어가 무얼 주문할지 모를 땐 '그날의 요리'를 시키는 게 안전하다. 화장실 용무가 급하면 무조건 맥도널드로 뛰어가라. 소매치기나 강도를 만나면 당황하지 말고 한국말이든 영어든 나오는 대로 크게 소리질러 사람들의 관심을 끌어라. 로마에선 바띠깐 미술관(Musei Vatican)을 먼저 보고 성 베드로 대성당을 나중에 봐야 동선이 절약된다. 유럽 어느 도시를 가든 중국집이 널려 있다. 싸고 실속 있으니 하루 한 끼는 중국음식으로 때워라…… 그의 충고는 끝이 없었다.

나는 아직도 수첩에 그가 불어로 작성해준 중국요리의 풀코스 식단을 갖고 있다.

1. 전식 - 수프와 쌜러드

   potage pékinois

   salade chinoise

2. 본식

   맨밥 - riz nature

   볶음밥 - riz cantonais

   생선튀김 - beignet de poissons

   불고기 (한국의 불고기와 그중 비슷한) - bœuf au oignon

   탕수육 - porcá la sauce aigre-douce

   오리 고기 - canard lagué

3. 물 - une carafe d'eau

4. 후식

   커피 - café

   아이스크림 - glace

   과자 - gâteau

5. 팁 - 10 f

꼼꼼한 그는 맨 밑에 '팁 10프랑'까지 적고, 잊지 말라고 강조하려는지 그 위에 동그라미를 쳤다. 전형적인 모범생 타입이었던 학창시절의 그가 생각나 웃음이 났다. 아무튼 그의 자상한 배려와 충고 덕분에 우리 모녀는 빠리에서 편하게 지낼 수 있었다.

빠리에 닷새 머무는 동안 어머니는 나처럼 이 도시의 매력에 혹하지 않았다. "얘. 밥 먹는데 왜 물을 안 주니?" "화장실 가는데 따로 또 돈을 내야 하냐. 도둑놈 심보 아니냐." "호텔 계단이 왜 이리 어둡냐. 드나들 때마다 불을 켜야 하니 귀찮다."

잠자리에서부터 먹는 것에 이르기까지 불편한 게 한둘이 아니었던 어머니가 그래도 한국이 최고라고 하실 때마다 나는 청개구리처럼 빡빡 우겼다. 우리와 문화가 달라서 그렇지, 따지고 보면 프랑스인들이 더 합리적이라고. 그렇게 설왕설래하는 것으로 여행중 있게 마련인 어중간한 자투리 시간을 쪼갤 수 있었으니 그것도 재미였나보다.

브뤼쎌

고난에 관하여 그들은 결코 틀림이 없었다
옛 거장들은 참으로 잘 이해하고 있었다
그것이 어떻게 일어나는지를, 그 인간적 상황을
누군가 식사를 하고 있거나 창문을 열거나
아니면 그저 어슬렁 걷고 있을 때
늙은이들이 경건하게 기적적인 탄생을
열렬히 고대하고 있을 때
숲의 연못가에서 얼음을 지치는
아이들이 있게 마련이라는 것을
      (…)
예컨대 브뤼겔의 이까로스를 보자
어떻게 만물이 재난을 외면하고 유유자적하는가를
농부는 아마도 무언가 풍덩 떨어지는 소리를,
살려달라고 외치는 소리를 들었으련만
그에겐 그게 별 대수로운 변이 아니었다

푸른 물결 속으로 사라지는 하얀 다리 위로
태양은 여전히 빛났고
한 아이가 하늘에서 떨어지는
놀라운 일을 분명히 보았을 호화선(豪華船)은
어딘가 제 갈 데가 있어 고요히 항해를 계속했다
—— 오든(W. H. Auden), 「미술박물관」

농부가 쟁기를 끌고, 양치기가 양떼를 돌보다 잠시 쉬고 어부가 낚시를 하는 한가로운 풍경. 바다엔 범선이 떠 있고 멀리 수평선 너머 태양이 빛난다. 그런데 그림의 제목은 엉뚱하게도 「이까로스의 추락」이라고 붙어 있다. 이까로스(Ikaros)라면 새의 깃털과 밀랍으로 만든 날개를 달고 미궁(迷宮)을 탈출하다 태양에 가까이 가는 바람에 날개가 녹아 바다에 빠져 죽었다고 하는 그리스 신화의 주인공이다. 브뤼셀 왕립미술관의 고전미술 전시관, 브뤼겔(Pieter Brueghel, 1525/30~69)의 유명한 작품 앞에 서서 나는 적이 당혹스러웠다.

도대체 어디 숨었나? 아무리 찾아보아도 한 소년이 사라진 자취가 가뭇없다. 이까로스를 식별할 수 있는 얼굴이라든가 하다못해 날개의 한쪽도 보이지 않는다. 숨은 그림을 찾듯 샅샅이 캔버스를 뒤진 뒤에야 겨우 그 몸의 일부를 발견했다. 오른쪽 하단에 수면 위로 삐죽 솟은 것이 발버둥치는 인간의 다리 같다. 그런데 중앙에 우뚝 선 농부의 두드러진 전신상에 비해 손톱만큼 죄그맣게 그려진데다, 브뤼겔이 즐겨 구사한 교묘한 대각선 구성으로 말미암아 눈에 띄지 않았던 것이다. 바다와 육지를 나눈 대각선의 안쪽에서 관람자의 시선은 선명한 붉은색의 옷을 입은 농부에게 집중되어, 쟁기를 끄는 그의 진행 방향에 따라 화면의 왼쪽으로 향하게 되어 있다. 그러니 오른쪽 구석에 처박힌 이까로

브뤼겔, 이까로스의 추락, 1555~58년

스의 두 다리가 보이지 않는 게 당연하다.

　소년이 추락한 장소가 신화 속에서처럼 지중해가 아니라 화가가 살았던 플랑드르 지방의 바다, 즉 북해의 시원한 풍광에 가깝다는 것도 흥미롭다. 그 광활한 푸른 물결에 파묻힌 이까로스는 가느다란 갈색의 막대로서 존재할 따름이다.

　아버지 다이달로스(Daidalos)의 충고를 무시하고 높이 날다 태양에 감히 접근했던 이까로스는 자신의 과욕에 대한 대가를 치러야 했다. 한 인간의 예기치 못한 재난 앞에서 세상은 정말 눈 하나 깜짝하지 않았던 것이다. 하늘도 땅도 바다도 평화롭기 그지없다. 오든의 시처럼 태양은 여전히 빛나고, 바다는 그대로 푸르다. 농부, 양치기, 어부 —— 전경에 등장하는 이 세 인물 가운데 어느 한 사람은 풍덩 물에 빠지는 소리를, 살려달라는 외침을 들었으련만…… 태평스레 자기 일에만 몰두

브뤼겔, 이까로스의 추락 (부분)

할 따름이다. 낚시꾼은 바로 코앞에서 소년이 익사하는데 쳐다보지도 않는다. 이까로스처럼 제아무리 특별한 인물일지라도 개인의 운명에 대해 철저하게 무관심한 세계.

그 끔찍한 리얼리티를, 도저한 허무를 이처럼 딴청 피우듯 유유자적 표현한 화가는 대체 어떤 사람이었을까.

북유럽의 르네쌍스를 대표하는 화가인 브뤼겔이 언제 어디서 태어났는지는 정확히 알려지지 않았다. 1551년에 안트워프의 길드에 장인(Master)으로 등록된 기록이 남아 있을 뿐이다. 장인이 된 뒤에 그는 약 2년 동안 이딸리아를 여행했다고 한다. 그러나 이딸리아를 다녀온 대부분의 북유럽 화가들과 달리 그는 고전미술의 영향을 거의 받지 않았다.

농민을 주로 그려 '농민 브뤼겔'이란 별명으로 널리 알려졌지만, 사실 브뤼겔은 교양이 풍부한 인문주의자였다. 그는 브뤼쎌에서 '사랑의 가족'이라는 다소 신비주의적인 써클과 연루되었다고 한다. 이 그룹은 1560년대 네덜란드를 분열시켰던 종교분쟁에 직면하여 '중용'과 '온건한 조화'를 옹호했다. 중용이니 조화니 하는 것들이 불온하게 간주되었으니, 16세기 북유럽에서 신·구교 간의 갈등이 어느 지경에까지 이르렀는지 그 혼란스런 사회상이 가히 짐작된다. 그는 이도 저도 아닌 중간노선이 오히려 급진적이던 광기의 시대를 살았던 모양이다. 그 영향을 받아서였을까. 그가 남긴 작품의 대부분은 인간의 탐욕과 어리석음에 대한 풍자가 주를 이룬다. 단순 투박한 선과 원통형 볼륨 등 그의 회화 기법은 일견 원시적이고 순박해 보이나 사물의 이면을 꿰뚫는 통찰력은 누구보다도 날카롭다.

「이까로스의 추락」은 브뤼겔로선 예외적인 작품이다. 풍속화의 대가였던 그는 군중 장면을 즐겨 그렸는데 이 그림에선 인물이 셋에다 불완전한 두 다리만 등장할 뿐이다. 또한 이 작품은 그리스의 신화를 주제로 그가 그린 유일한 그림이다. 고대의 신화를 다룰 경우에도 그는 옛이야기를 안일하게 그대로 재현하지 않고 당대 플랑드르의 범속한 풍경 속에 집어넣어 새로운 리얼리티를 창조해냈다. 사실을 넘어선 진실의 탐구, 내가 감탄한 것은 바로 그 고통스런 자기인식이었다.

그림을 보며 나는 감탄과 동시에 쓴웃음을 지었다. 화가가 살았던 16세기나 지금이나 세상이 아무리 변해도, 변하지 않는 인간의 조건이 있다는 이치를 발버둥치는 두 다리가 깨우쳐주었기 때문이다.

쾰른

브뤼셀에서 1박을 하고 어머니와 난 독일의 쾰른으로 갔다. 어제 브뤼셀의 유스호스텔에서 불편한 잠을 잤기에, 홧김에 이번엔 별 네 개짜리 특급호텔을 예약했다.

'브뤼겔의 집'이란 근사한 이름과 더블 룸이 있다는 말에 혹해 투숙한 유스호스텔은 그만하면 깨끗한 게 썩 괜찮은 곳이었다. 그러나 어머니는 방에 들어가자마자 "양놈 홀아비 냄새가 난다"며 창문을 열라고 야단이셨다.

알레르기 비염이 심한 어머니는 한국에선 거의 매일 아침마다 콧물을 흘리고 기침을 했다. 그런데 한국보다 먼지가 적고 공기가 맑은 유럽을 여행하는 중엔 증세가 수그러들었다가 브뤼셀에서 재발했던 것이다. 더러운 침대 담요에서 나는 먼지 때문에 밤새 잠을 못 이루고 고생해야 했던 어머니. 그 불편한 속을 미리 헤아리지 못한 내가 잘못이었다.

작년 겨울(1995년 11월 11일) 쾰른에 처음 발을 디뎠을 땐 마침 일년에 한번 있다는 카니발이 시작되어 도시 전체가 떠들썩했다. 그 들뜬 열기에 감염되어 차분히 그림 구경을 하지 못했다. 마치 그날만은 일상에서 해방되어 미쳐도 좋다는, 공식적인 허가를 받은 것 같았다. 무리를 지어 돌아다니며 맥주병을 깨는 등 소란을 피우는 젊은애들이 무서워 밤에 담배가 떨어졌는데도 밖에 나가지 못하고 호텔방에 갇혀 있어야 했다. 독일인들도 놀 줄 아는구나라고 기특하게 여겼던 마음이 공포로 변해 다음날 아침 황급히 어수선한 도시를 벗어났다.

1996년 5월 6일. 나는 다시 발라프 리하르츠 미술관(Wallraf-Richartz Museum)을 찾았다. 르네쌍스 시대에 제작된 종교화들이 즐비한 2층의 다른 전시실은 거들떠보지도 않고 곧장 목표물을 향해 걸어갔다. 렘브란트의 「퀼른 자화상」(1669년).

나를 뒤흔들어놓았던 그림에 대해 무슨 말부터 해야 할지 모르겠다. 그 그림 앞에 섰을 때나, 그 기억을 되살리는 지금이나 머릿속에 서로 모순된 감정과 생각들이 한꺼번에 휘몰아친다.

그는 웃고 있었다.

아니 울고 있었다. 자신과 세상을 향해 웃음을 터뜨리며 속으로 우는 자. 늙고 지친 그는 이제 흐느낄 기력조차 없는지 모른다.

어둠속에서 유령처럼 떠오르는 얼굴…… 그것은 더이상 그림이 아니었다. 삼백여년의 세월을 뛰어넘어 렘브란트가 내 앞에 서 있는 것 같았다. 나의 이런 착각은 그가 발전시킨 독특한 회화기법들—끼아로스꾸로(Chiaroscuro)와 임빠스또(Impasto)에 기인하는 바 클 것이다.

배경을 완전히 죽이고 인물만 조명하는 극적인 명암대조는 마치 무대의 한 장면을 보는 듯한 효과를 내고 있다. 거칠게 획획 그은 자유로운 붓질로 여러 겹 덧칠해진 하이라이트 부위는 그 물감의 두께로 말

렘브란트, 쾰른 자화상, 1668~69년

미암아 조각처럼 튀어나와 보인다. 어두운 부위는 어두운 대로 깊이가 있다. 눈 주위의 움푹 들어간 그늘엔 여러 층의 물감들이 마구 엉기어 주름을 형성하고 있다. 약간씩 톤을 달리하는 갈색과 보라색이 캔버스 위에서 싸우듯 서로 뭉개져, 그 팽팽한 긴장감과 에너지 때문에 어둡지만 눈이 부셨다.

도판으로는 잘 안 보이나 이 그림엔 렘브란트말고 또 한 명의 인물이 등장한다. 화면 왼쪽에 어렴풋이 그 씰루엣이 잡히는 형상은 오랫동안 논란의 대상이 되어왔다. 그 정체에 대해선 해석이 구구하나 그리스의 화가인 쩨우끄시스(Zeuxis, 기원전 5세기 말~4세기 초)와 관련된 알레고리로 이해하는 게 일반적이다.

쩨우끄시스는 그가 살던 당대의 미에 대한 숭배에 반항하기 위해 트로이의 헬렌 대신 추한 노파를 그리다가, 모델의 기묘하게 생긴 주름살을 보고 너무 웃는 바람에 그만 질식해 죽었다는 전설 속의 화가이다.

쩨우끄시스를 자신의 자화상 한구석에 그려넣은 렘브란트. 그는 왜 자신을 고대의 화가와 동일시한 걸까. 쩨우끄시스처럼 이상미를 거부하고 자연에 충실했던 화가로서의 자신의 일생을, 죽음에 임박해 그린 이 말년의 자화상을 통해 스스로 확인하려 한 걸까. 비록 웃다가 죽을지언정 정직한 그림만 그리겠다는 뜻인가.

이 작품의 기기묘묘한 미소에 대해 "이빨 빠진 늙은 사자의 웃음"이라고 말한 사람은 빈센트 반 고흐였다. 날카롭게 날을 세우던 청춘의 이빨도, 허튼 자부심도 다 빼버리고 오롯이 자기자신에게 귀의한 예순셋의 노화가.

그 고통으로 일그러진 웃음을 짓기까지 렘브란트는 얼마나 자신을 부수고 무너뜨려야 했을까. 그리고 세상과 자신과의 지난한 싸움 끝에 얼마나 힘겹게 다시 일어나야 했을까.

렘브란트는 네덜란드의 라이덴에서 부유한 제분업자의 아들로 태어났다. 부친의 뜻에 따라 라이덴대학에 입학해 인문학을 배우다 곧 때려치우고 그림을 배운다. 일찍이 1630년대에 그는 암스테르담 시를 대표하는 초상화가로서 눈부신 성공을 거두고 지체 높고 부유한 집안의 딸 싸스키아와 결혼한다. 그러나 화가로서 그의 명성은 1642년 제작된 「야경」(Night Watch)을 고비로 내리막길로 접어든다.

당시 네덜란드는 에스빠냐로부터 독립을 쟁취한 뒤 연방제공화정을 수립하고 비약적으로 발전을 거듭하고 있었다. 17세기에 암스테르담은 네덜란드뿐 아니라 전 유럽의 경제적 중심지였다. 역사상 최초의 주식회사인 동인도회사가 1602년에 설립되고, 이를 통한 중개무역과 모

렘브란트, 야경, 1642년

할스, 성 게오르그 시민경비대의 연회, 1616년

직물공업이 발달하여 시민계급의 성장이 유럽 어느 나라에서보다도 두드러졌다. 이 무렵 우후죽순처럼 생겨나던 각종 상인조합이나 자치회에서는 자기들의 모임을 기념하는 그림을 공공장소에 걸어놓는 것이 대유행이었다. 사진이 없던 시절이라 그림이 사진을 대신했던 것이다.

「야경」은 이런 집단 초상화의 일환으로 주문생산된 작품이었다. 그런데 완성된 그림이 주문자인 네덜란드 시민경비대에 소속된 일부 성원들의 분노를 샀다. 렘브란트는 그 당시의 관례에 따라 돈을 지불한 모든 모델들을 동등한 크기로 똑같이 빛나 보이게 그리지 않고, 자신의 회화적 구도에 따라 연출을 한 것이다. 그가 창조해낸 빛과 어둠의 드라마가 얼마나 새로운 것이었는가는 비슷한 주제를 다룬 할스(Frans

Hals, 1581~1666)의 「성 게오르그 시민경비대의 연회」(1616년)와 비교해보면 분명해진다. 렘브란트와 비슷한 시기에 네덜란드에서 활동한 할스의 작품은 인물들의 자연스런 포즈와 운동감에도 불구하고 그 구도가 「야경」에 비하면 평면적이고 판에 박은 듯한 인상을 준다.

한번 세상과 틀어진 이후로 그에겐 계속 불운이 닥친다. 인기의 하락, 재정파탄, 부인이 죽고 아이들을 셋이나 잃은 뒤에 그는 하녀이자 내연의 처인 헨드리케와 아들 티투스의 도움으로 겨우 생계를 꾸려나

렘브란트, 서른네살의 자화상, 1640년

갔다. 그러나 말년엔 충실한 반려자였던 헨드리케와 티투스마저 여의고 1669년 가을, 렘브란트는 세상을 떠난다.

런던의 내셔널 갤러리에서 보았던, 서른네살 때의 자화상과 그로부터 30년 뒤에 그려진 「쾰른 자화상」을 비교해보는 건 어찌 보면 좀 잔인한 일일 수도 있다. 그도 그럴 것이 젊고 자신감에 넘친 그는 완전히 다른 사람인 것이다. 훌륭한 정장 차림에 붉게 상기된 뺨, 빤히 쳐다보는 눈초리에서 그가 사람들에게 스스로를 어떻게 보이고 싶어했는지가 여실히 드러난다.

일명 '웃는 자화상'으로 알려진 이 작품만큼 후대의 미술가와 작가들에게 영감을 준 그림도 없을 것이다.

지금으로부터 2년 전 대학원 졸업논문을 준비하던 어느날이었다. 도서관에서 서가를 뒤적거리다 그 책을 발견했다. 렘브란트의 자화상을 모아놓은 화집이었는데 첫머리에 촌평들이 한아름 실려 있었다. 그것은 매우 아름다운 문장들이었다. 나는 정작 렘브란트의 그림보다도 그에 대해 언급한 '말'에 더 매료되었다. 그래서 당장 급한 논문을 제쳐놓고 눈이 아프고 배가 고파질 때까지 열에 달떠 책장을 넘기며 그중 마음에 와닿는 어구들을 공책에 베꼈다.

나는 렘브란트의 마지막 자화상을 보았다. 추하고 부서진, 소름 끼치며 절망적인, 그러나 그토록 멋지게 그려진 그림을. 그리고 갑자기 나는 깨달았다. (⋯) 거울 속에서 사라지는 자신을 들여다볼 수 있다는 것, 스스로를 '아무것도 아닌 것'으로 그릴 수 있다는 것. 인간임을 부정하는 것. 이 얼마나 놀라운 기적인가. 상징인가.
—— 오스카 코코슈카(Oskar Kokoschka)

그리고 황혼이 그의 황폐한 작업실을 비출 때, 걸작들이 성가시게 여기저기 쌓여만 가는 그 방에서, 그는 거울을 본다. 그늘이 드리운 그의 슬픈 얼굴은 오로지 지상에만 귀속된 무언가를 쫓는다. (…) 그리고 영광의 바로 문턱에서 미친 웃음을 터뜨린다.

——앙드레 말로(André Malraux)

그토록 직접 보기를 고대했던 작품인데도 그 앞에 십여분 이상 서 있기가 힘들었다. 다리가 아파 전시실 바닥에 책상다리를 하고 앉았다. 그림을 거울삼아 나를 비춰보면서……그렇게 오래 면벽하듯 독대하고 있으면 그가 본 것을 나도 볼 수 있을까. 그처럼 웃을 수 있을까. '아무것도 더이상 나를 건드릴 수 없는' 경지에 도달할 수 있을까. 조급한 갈망에 목이 말랐다. 고백하건대 나는 감히 그를 닮고 싶었다. 그래서 도판을 구해 내 방에 걸어놓고 힘들 때면 종종 그와 눈을 맞추곤 했다. 괜찮다, 괜찮아…… 마치 무슨 부적인 양 그의 얼굴을 보며 빌었다.

"그림에 코를 처박지 마시오. 냄새가 독해 당신을 죽일지도 모릅니다." 렘브란트가 미술품 수집가들에게 한 경고를 무시하고 내가 너무 오래 코를 처박고 있었나보다. 어느 순간 그 으스스한 눈빛이 왜 자기를 보러 왔냐며 나를 비웃는 것 같아 오싹 소름이 끼쳤다.

그의 독한 웃음소리에 등을 떠밀리다시피 총총히 방을 빠져나왔다.

렘브란트를 만난 뒤에 꾸르베(Gustave Courbet, 1819~77)를 보니 좀 쉬는 기분이 들었다. 꾸르베의 그림이 만만하다는 뜻이 아니라 밝은 색채와 탁 트인 전망이 시원해서였다. 「퀼른 자화상」이 있는 방의 뒷방에 걸린 꾸르베의 「바닷가」(1865년)는 그냥 아무 생각 없이 즐길 수 있는 풍경화이다. 제목이 없으면 주제가 무엇인지 짐작하기 힘든, 서명을 보지 않으면 휘슬러나 모네의 작품으로 착각할 수도 있을 만큼 단순하게 색채로만 말하는 그림이다.

19세기의 낭만적인 풍경화와 달리 여기엔 실제 관찰자의 눈에 보인 풍경 이외엔 아무것도 없다. 오직 하늘과 바다 그리고 땅이 있을 뿐이다. 사람도, 심지어 그 흔한 갈매기 한마리조차 없이 완전히 비워진 해변이 어쩐지 스산하다.

평범한 구도, 야외의 빛과 그림자, 대기의 실감, 맞닿은 경계가 부분적으로 희미해져 서로 넘나들 듯 파란색의 모노톤으로 칠해진 화면이 심상치 않다. 곧바로 말하면 나는 여기서 인상파의 도래를 예감했다. 아직은 인상파처럼 그 빛이 눈부시게 나른한 맛은 없지만.

꾸르베는 서양미술사에서 가장 혁명적인 화가 가운데 한 사람이었다. 유럽미술의 오랜 전통을 깨고 종교와 신화를 주제로 한 그림을 단한 점도 그리지 않았던 화가. 그는 고대의 신들을 모두 추방한 자리에 당대의 평범한 일상을 들어앉히고, 거의 사진에 가까운 정직함으로 있는 그대로의 현실을 화폭에 담았다. "나에게 신을 보여달라. 그러면 신을 그리겠다."는 그의 말은 후일 사실주의를 대표하는 명제가 됐다.

수백년간 지속되어온 미술세계의 고정관념을 타파하는 쎈세이셔널한 전시회와 언행으로 유명했던 그에 대해선 수많은 일화가 전해진다. 그의 높은 콧대를 비꼬던 어느 정부 고관에게 꾸르베는 이렇게 응수했다고 한다. "이제야 그걸 알았습니까? 참으로 놀랍군요 각하. 나는 프랑스에서 가장 거만한 사람입니다."

그의 이러한 오만방자함은 자신의 양심을 속이지 않고 그림을 그려 밥을 먹기 원했던 화가의 지나친(?) 성실함에서 비롯된 것이리라.

그는 예술에서뿐 아니라 정치에서도 혁명아였다. 사회주의의 열렬

꾸르베, 바닷가, 1865년

한 신봉자였던 꾸르베는 빠리꼬뮌(1871년 3월 18일~5월 27일, 빠리에
수립되었던 노동자 정권)에 적극적으로 참여해 루브르 박물관의 책임관
리자로 활동했다. 꼬뮌이 진압된 뒤 그는 나뽈레옹 동상을 파괴한 혐의
로 감옥에 수감된다. 몇개월 뒤에 병보석으로 풀려나기는 했지만 프랑
스 정부에 의해 전재산이 몰수되고, 생전에 그가 도저히 갚을 수 없는
막대한 벌금이 부과되자 꾸르베는 스위스로 탈출한다. 이때 그의 나이
54세. 스위스의 호반에서 망명생활을 한 지 4년 만에 객사했다고 한다.

파란 하늘에 성에 긴 듯 희뿌옇게 엉킨 구름, 그리고 그 위에 살짝 암시된 검은 먹구름에서 화가의 흐린 속내를 읽었다면 나의 지나친 아전인수인가. 관심을 끄는 그림의 배후를 추적하는 버릇이 있는 나는 작품의 제작연대를 확인하고 곧 실망했다. 1865년. 난 이 작품이 빠리꼬뮌 이후에, 화가가 국외로 망명한 뒤 그려진 게 아닌가 하고 은근히 기대했던 것이다. 스위스엔 바다가 없는데도 말이다.

라인 강변에 위치한 쾰른은 이천년의 역사를 자랑하는 매우 오래된 도시이다. 기원전 50년에 고대 로마인들이 건설한 식민시(植民市)로 출발해 수륙양면의 교통요지로 번성했던 메트로폴리스라고 시에서 발행한 팜플렛에 적혀 있다. 프랑스의 빠리와 가까운 독일의 서쪽 관문으로 중세 때는 한자동맹(Hanza, 14~15세기 북부 유럽의 여러 도시들 사이에 상업 및 무역의 보호·촉진을 위해 체결된 동맹) 상인들의 왕래가 잦았으며 나뽈레옹의 군대도 이곳을 통해 진군했다고 한다.

2차대전 때 많이 파괴됐지만 구(舊)시가지엔 지금도 로마 시대 유적들이 꽤 남아 있다. 그래서 거리를 걷다 보면 난데없이 무너진 돌담이나 로마네스끄 양식의 낡은 교회들이 나타나 몇번 놀란 적도 있다.

여행 떠날 때부터 독일에 가면 쌍둥이 칼과 꿀병을 꼭 사와야지, 벼르던 어머니는 독일 땅을 밟자마자 그 말씀만 하셨다. 그 성화에 못 이겨 쇼핑거리인 호에 슈트라쎄로 갔다. 이천년 역사의 고도(古都)답게 골동품, 가구, 유리그릇, 고급 수예품 등 상점에 진열된 물건들이 매우 호화롭고 부티가 났다.

골목을 샅샅이 뒤졌건만 어머니가 찾는 '꿀이 흐르지 않고 따를 수 있는' 꿀병을 파는 가게는 없었다. 쌍둥이 칼만 대여섯 개 산 뒤에 그만

포기하고 돌아가려는데, 딱 한 집만 더 보자는 어머니의 간곡한 청에 따라 들어간 곳에서 드디어 원하던 물건을 찾았다.

"하나만 사세요."

"아냐, 얘. 이건 독일에만 있는 거니 더 사야지. 그동안 신세진 사람들에게 다 돌리려면 가만있자. 여섯 개, 아니 일곱 개는 있어야겠다."

"가방에 들어갈 자리도 없을 텐데. 그 무거운 걸 다 어떻게 들고 다닐려구 그러세요?"

"그건 네가 걱정할 일이 아니야. 충분히 들어가고도 남을 테니."

우리 모녀의 대화는 사실 이보다 더 과격했다. 어머니의 소원이니 거역할 수 없어 가게에 있는 꿀병들을 모조리 싹쓸이해 담았다. 모두 네 개밖에 없어 더 사고 싶어도 못 샀으니 망정이지 하마터면 큰 짐이 될 뻔했다.

그날 밤 호텔방에 누워 우리는 또 한바탕 옥신각신했다. 유리병이 깨지면 안 되니 짐으로 부치지 않고 손수 들고 비행기를 타시겠다고 어머니가 벌써 선전포고를 한 것이다. 앞으로 십여일 뒤, 로마에서 어머니 먼저 서울로 돌아갈 예정이었다. 늙은 어머니가 혼자 무거운 병들을 짊어지고 비행기를 갈아타려면 여간 힘드시지 않을 텐데……

다음날 어머니와 함께 대성당을 방문했다. 쾰른에서 길을 잃으면 무조건 대성당, 즉 돔(Dome)을 찾으면 된다. 이 도시에서 가장 크고 높은 건물이라 어디에 있든 간에 그 모습이 보이기 마련이다. 실제로 여기에 머무는 동안 실험해본 바에 의하면 돔이 안 보이는 위치에 있기가 굉장히 힘들었다. 그리고 해마다 도시 전체 인구의 세 배나 되는 삼

쾰른 대성당

백만 명의 사람들이 성당을 찾는다고 하니, 쾰른이 돔이고 돔이 곧 쾰른이라고 해도 틀린 말이 아닐 것이다.

근 육백년의 세월에 걸쳐 전성기 고딕 양식으로 지어진 교회는 덩치가 어마어마했다. 삐죽삐죽한 첨탑들과 밖으로 돌출된 버팀벽(Buttress, 고딕 건물에 필수적인 건축공학적 고안으로, 안에 있는 궁륭이나 아아치의 내리누르는 힘을 받쳐주는 역할을 한다)이 복잡하게 얽힌 모습이 어지러웠다. 그러나 겉모습에 비해 성당 내부는 그리 넓지 않았다.

기도용으로 만든 작은 촛불들이 측랑(側廊) 한켠에 비치되어 있었다. 우리 어머니는 독실한 가톨릭 신자이다. 어머니를 따라 옆에 있는 통에다 돈을 내고 촛불을 켠 다음 나도 기도를 올렸다. 뭐라고 빌었는지는 까맣게 잊어버렸지만 꽤 간절한 염원이었다.

성당의 정문 앞에 여러 나라 말로 쓰인 종이들이 빨랫줄에 널린 빨래처럼 줄줄이 걸려 있었다. 몇개 읽어보고 비로소 영문을 알 수 있었다. 독일을 비롯해 세계 각지에서 온 사람들이 자신들의 기원을 적은 벽보였다. 말하자면 국제적인 여론광장이 자연스레 형성된 것이다. 바람이 불 때마다 나부끼는 희망과 절망의 언어들…… 뜻 모를 외국어로 바쳐진 메씨지의 숲에서 본능적으로 우리 모녀의 눈은 모국어를 찾고 있었다. 영어나 독일어로 적힌 벽보들은 "세계 평화를 위해"가 주 메뉴이고 간혹 집 없는 사람이나 외국인 노동자들의 강도 높은 정부 비판도 포함되어 있었다. 이에 반해 우리말로 쓰인 것들은 "누구 누구가 언제 여기에 왔다감"이 주류를 이루었다. 그중 제일 보편적인 기원은 가족들과 함께 유럽여행을 한 어느 초등학생이 꼬불탕 글씨로 휘갈긴 "우리도 독일처럼 통일됐으면"이었다.

쌀쌀한 날씨인데도 그 많은 대자보들을 하나씩 훑으며 진지한 표정으로 읽어나가는 시민들, 그중엔 휠체어를 탄 노파도 있었다. 이처럼 자신들의 생각을 자유로이 표현하고 남의 의견을 경청하는 자세, 민주주의란 이런 게 아닌가 하고 새삼 숙연해졌다. 여기는 사람들이 열려 있다. 시민민주주의가 뿌리를 내린 것이다.

미루고 미루다 마침내 노이에마르크트에 있는 케테 콜비츠 미술관(Käthe Kollwitz Museum)에 들렀다. 별로 내키지 않는 발걸음이었다. 그녀가 그토록 완벽하게 재현해낸 가난과 다시 상봉하고 싶지 않아서

콜비츠, 독일의 아이들은 굶주린다, 1924년

다. 그런데 쾰른에서의 마지막 날, 자석에 끌리듯 그 흑백의 그림들 앞에 섰다.

「독일의 아이들은 굶주린다」(1924년), 「빵」(1924년). 이 두 판화 작품의 도판들을 몇년 전 한국에서 처음 접했을 때처럼 내가 전율하지 않은 것은 지금은 웬만큼 여유가 생겼기 때문이리라. 그게 경제적 여유이든 혹은 정신적 여유이든 간에. 아이들의 퀭한 눈동자가 상기시키는 지난날의 허기가 그다지 사무치지 않았다. 그래서 나는 그 비참을 감상했다. 이제는 검은 눈동자가 아니라 선과 선의 흐름을…… 콜비츠(Käthe Kollwitz, 1867~1945)는 데쌩 솜씨가 정말 뛰어나다.

밀라노

5월 9일. 쾰른에서 쮜리히를 거쳐 루쩨른으로 향했다. 정해진 관광 코스대로 배를 타고 루쩨른 호수를 일주했다. 말이 호수지 그냥 보면 바다로 착각할 만큼 넓고 아득했다. 자욱이 피어오르는 물안개 너머로 수평선이 보일락말락, 평화롭기 그지없는 풍경이다. 물빛이 맑고 투명해 나무 그림자가, 바람에 떠는 이파리들이 고스란히 비친다. 세상에 이보다 더한 초록이 있을까! 감탄하며 나는 한숨지었다. 호수처럼 우리 속에 고여서 넘쳐도 흐르지 못하는 연정과 연민, 진한 그리움을 떠올리며……

밝은 햇살이 그리워 남으로, 남으로만 달렸다. 그런데 그날 밤 늦게 이딸리아 국경을 넘어 밀라노 역에 내리자 야속하게도 비가 마중 나와 있었다. 머리를 적실 듯 말 듯한 곰살맞게 가는 빗줄기였다.

내가 밀라노에 온 것은 미껠란젤로(Buonarroti Michelangelo, 1475~1564)의 미완성 삐에따를 보기 위해서다. 그가 남긴 세 개의 삐에따 가운데 대중적으로 알려진 것은 바띠깐에 있는 삐에따이다. 하지

만 나는 그가 죽기 전날까지 매달려 작업했다는 「론다니니 삐에따
(Rondanini Pietà)」(1555~64년)를 먼저 보고 싶었다.

나는 기독교신자는 아니다. 어릴 적 어머니의 손에 이끌려 억지로
세례를 받았지만 그후 나는 종교와는 무관하게 살아왔다. 종교미술에
대해서도 그다지 관심이 없다. 대부분의 종교미술은 경전에 의지하고
있어, 불경과 성서에 대한 상식이 부족한 나로선 각 성인·성자와 그들
이 몸에 지닌 각종 성물들이 등장하는 복잡한 도상들을 제대로 이해하
기 힘들었다. 그래서 유럽의 유수한 성당과 미술관에 넘치는 종교화들
을 아, 이건 십자가에 매달린 예수이고 저건 최후의 만찬이지, 정도만
확인하고 넘어갔다. 누가 베드로이고 누가 유다인지 유심히 살피지 않
았다. 그런데 미켈란젤로만은 예외였다.

신을 믿지는 않지만, 그래도 사노라면 가끔 신의 숨결을 느끼는 순
간이 있다. 「론다니니 삐에따」의 슬라이드를 볼 때도 그랬다. 숭고하다
는 게 이런 거구나, 가슴이 찡했지만 대체 그 조각의 어디에 신성(神
聖)이 숨어 있는지는 알 수 없었다.

스포르쩨스꼬 성의 고전미술관(Museo d'Arte Antica del Castello
Sforzesco)에서 미켈란젤로의 조각을 보러 걸음을 재촉하며 나는 이미
감동할 준비가 다 되어 있었다. 그런데 막상 그 앞에 당도했을 땐 좀 맥
이 풀렸다. 미로처럼 꼬불꼬불 이어진 궁전의 방들을 헤매느라 기진맥
진했던 것이다.

그건 아직 '작품'이라고 말하기 힘든, 깎다 만 거친 돌덩이였다. 가까
이 다가가면 생(生)돌가루 냄새를 맡을 것도 같았다.

언뜻 보기엔 마리아가 예수에게 업힌 형상 같다. 그런데 예수의 무
릎이 굽은 모양으로 보아 업힌 것은 아닌데…… 그렇다면 마리아가
예수의 어깨를 추스려 위로 끌어올리는 순간인가? 예수가 마리아의 무

미껠란젤로, 론다니니 삐에따, 1555~64년

릎 위에 가로로 길게 누운 르네쌍스 시대의 전형적인 삐에따 상에서 벗어난 엉거주춤한 자세이다. 작품을 해석하고자 하는 일종의 강박관념에서 나는 그 포개지고 얽힌 덩어리들 가운데 어느 것이 마리아의 팔이고 어느 것이 예수의 팔인지부터 먼저 가리려 애썼다.

축 늘어진 사지들이 마치 하나의 몸처럼 붙어 있어 따로 떼어놓기가 쉽지 않았다. 여자인지 남자인지 분간조차 하기 힘들게 추상화된 두상, 팔등신의 비례를 무시한 형태 등 인체에 대한 해석이 매우 현대적이다.

빙 돌아가며 조각된 입체적인 구성이 앞에서만 봐서는 전체를 온전히 감상할 수 없게 되어 있다. 이는 이미 르네쌍스의 정면성을 벗어난 자유로운 공간개념이다.

자신이 젊은 시절 심혈을 바쳐서 완성시켰던 르네쌍스의 규범을 스스로 허물고 새로운 경지를 개척한 미젤란젤로. 그는 그 시대 가장 멀리까지 내다본 사람이었다.

너무 정색을 하고 작품을 만나서 그런지 도판으로 볼 때와 같은 떨림은 없었다. 이런 불감증은 미리 예고된 것으로 어느정도 피할 수 없는 것이긴 하다. 소위 명작이란 것들은 바로 그 명성과 훌륭함으로 말미암아 우리를 질리게 한다. 복제된 사진을 통해 여러 차례 접한 이미지라서 뜻밖의 감동을 주기가 어렵다.

며칠 뒤 로마의 바띠깐에서 미젤란젤로의 또다른 삐에따를 보았다. 「바띠깐 삐에따」(1499년)는 흠 하나 없이 말끔하게 마무리된 작품이었다. 그가 스물넷의 한창 젊은 나이에 완성한 조각으로 칼로 자른 듯한 정확한 인체 비례와 대칭구조가 르네쌍스의 균형과 조화를 완벽하게 구현하고 있다.

그 엄격한 장인정신에 탄복은 했지만, 그건 무시무시한 긴장을 요구

미껠란젤로, 바띠깐 삐에따, 1499년

하는 작업이었을 텐데 좀 잔인하다는 생각이 들었다.

「바띠깐 삐에따」의 고전적인 명료함과 매끈함은 하나의 이상일 뿐이다. 예수의 몸은 어머니인 마리아의 무릎 위에 얹혀 있기에는 너무 크고 무거워 보였다. 울퉁불퉁한 근육을 자랑하는 건장한 성인 남자의 체격을 갖춘 예수를 보니 웃음이 절로 나왔다. 빌라도에게 고난받고 십자가에 못 박힌 사람답지 않게 멀쩡한 사지에 보기 흉한 상처도 없다.

그리고 마리아도 서른을 넘긴 자식을 둔 어머니치고는 너무 젊다. 그처럼 이상미의 극치로 표현된 '비탄'(Pieta의 원래 뜻)에 나는 선뜻 감정이입이 되지 않았다.

그로부터 몇개월 뒤 한국에 돌아와 내가 본 두 개의 삐에따 사진을 나란히 놓고 비교해보았다. 바띠깐의 삐에따는 '보여주기 위한 비탄'이다. 반면에 밀라노의 삐에따는 돌의 질감 그대로, 깨어지고 부서지기 쉬운 인간의 형상으로 '비탄에 깊이 잠겨' 있었다. 그들은 더이상 마리아와 예수가 아니었다.

서로에게 기대어 하나가 된 돌덩이들이 나를 울렸다. 마리아와 예수, 어머니와 아들을 떠나서 한 존재가 다른 한 존재와 이토록 가까이 의지할 수 있다니······

로마/아씨지

5월 12일. 밀라노에서 로마를 향해 가는 열차 안. 낮잠 자다 문득 깨어 차창 밖을 보니 여기가 한국인지 이딸리아인지, 잠시 분별이 흐려지는 낯익은 풍경들이 눈에 들어온다. 선로변에 옹기종기 모여 있는 들꽃들, 다 쓰러져가는 아파트의 옥상 위로 삐죽 솟은 안테나, 베란다 빨랫줄에 널린 남루한 옷들, 길가에 버려진 쓰레기더미…… 우리와 비슷하게 지저분한 모습에 어쩐지 마음이 놓인다. 독일, 스위스 등 콧대 높은 유럽인들의 깔끔한 매너와 다듬어진 산천초목에 주눅이 들었나보다.

이딸리아는 소매치기가 많기로 악명 높은 곳이라 각별히 조심했건만 로마에 도착한 첫날에 어머니의 룩쌕을 잃어버렸다. 내가 보는 앞에서 달랑 가방이 들리는데 그 솜씨는 가히 예술이라 할 만했다. 기가 막혀서 소리도 지르지 못하고 그냥 당했다. 다행히도 귀중품은 따로 보관했기에 우리 모녀는 액땜했다며 웃어넘겼다. "그놈이 가방 열어보고 오늘 되게 재수 없는 날이라고 욕하겠다"며. 모든 길은 로마로, 그리고 그 길들로부터 모든 소매치기는 로마로 다 모인 게 아닐까.

오후에 떼르미니 역에서 떠나는 관광버스를 탔다. 1인당 15,000리라 (약 8천원)를 내고 꼴로쎄움, 바띠깐, 포로 로마노 등 로마의 대표적인 유적들을 반나절에 다 돌았다. 혼자서 지도를 보고 찾아가는 수고를 던 것은 좋으나 정해진 시간에 얼른 보고 다시 이동해야 하니 그것도 쉬운 일은 아니었다. 바띠깐의 성 베드로 성당을 방문했을 때는 한차례 전쟁을 치러야 했다. 행여 잃어버릴까봐 어머니의 손을 꼭 잡고 앞으로 나아가 광장 앞에 운집한 인파를 뚫고 드디어 성당 안으로 진입한 순간, 우리는 승리한 장군처럼 의기양양했다.

"별거 아니구나, 저번에 본 쾰른 성당보다 작으니." 밖에서 성당을 보고 실망한 어머니는 안으로 들어가 눈이 휘둥그레졌다. 이러한 어머

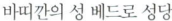
바띠깐의 성 베드로 성당

니의 상반된 반응은 근거가 있는 것이다. 성 베드로 성당은 유기적 조화와 균형을 중시하는 르네쌍스 양식으로 건조되었기에 전체가 한눈에 들어온다. 그래서 그 실제 면적이 아무리 커도 겉으로는 그리 커 보이지 않는다. 반면에 쾰른 대성당처럼 고딕 양식으로 지어진 건물은 수직으로 뻗은 선이 워낙 압도적이라 그 끝에서 끝이 도저히 한눈에 파악되지 않는다. 높은 첨탑, 외부로 돌출된 버팀벽들은 보는 이에게 끊임없는 시선의 이동을 요구한다.

로마는 이번이 두번째 방문이다. 생판 모르는 도시도 아닌데 이번에도 어영부영 일주일을 보냈다. 여기는 어떤 정해진 원칙이 통하지 않는 곳이다. 이를테면 같은 호텔의 숙박비가 경우에 따라 들쑥날쑥이고, 미술관은 예고도 없이 내부수리중이다. 거리에서 길을 물어보면 사람마다 말이 다르다.

관광 성수기가 아닌데도 어디를 가나 사람들에 치여 제대로 구경을 하지 못했다. 저녁마다 우리 모녀는 파김치가 되어 숙소로 돌아오곤 했다.

5월 16일. 어머니가 아침에 일어나시더니 꿈자리가 뒤숭숭하다며 나뽈리행을 취소하고 아씨지를 가자고 하셨다. 아씨지라면 "주여, 나를 당신의 도구로 써주소서. 미움이 있는 곳에 사랑을, 다툼이 있는 곳에 용서를⋯⋯" 「평화의 기도」로 유명한 성 프란체스꼬가 태어난 곳이다. 거기에 가면 근대 서양미술의 시조라 할 수 있는 지오또(Giotto di Bondone, 1267~1337)의 프레스꼬(fresco, 덜 마른 회반죽 위에 그림물감을 발라 제작한 채색 벽화)를 볼 수 있다. 다녀온 사람들에게 주변 경관이 빼어나다는 얘기를 들었기에 한번 가고 싶던 고장이다.

아씨지로 가는 길은 산세가 험했다. 지오또의 그림에 나오는 것과 같은 깎아지른 듯한 바위 절벽들이 차창을 아슬아슬하게 비껴갔다. 그런가 하면 느닷없이 너른 평야가 전개된다. "저기 좀 봐." 어머니의 손이 가리키는 곳엔 보리가 패어 있었다. 키 작은 유채꽃과 양귀비가 노랗고 빨갛게 수놓은 들판. 로마의 시끌벅적함에 갇혀 있던 답답한 속이 다 시원해졌다.

"프란체스꼬 성인이 그들을 모두 '형제'와 '자매'라 불렀기에 아씨지에서는 태양, 달, 별, 불, 물, 그리고 심지어 바람조차 집에 온 듯 편안함을 느낀다." 도시 안내 팜플렛에 씌어진 찬사는 과장된 문구가 아니었다. 아씨지는 정말 조용하고 평화로운 마을이었다. 여기에 살면 아무리 심사가 뒤틀린 인간이라도 유순해질 텐데, 그런 꿈 같은 생각도 잠시 스쳤다.

언덕빼기에 세워진 집들과 돌계단은 낡았지만 정갈했다. 새와 나무, 바람과도 대화를 나누었다는 성인의 성령이 내게로 들어온 것일까. 한적한 골목에 깃든 헤아릴 수 없는 세월이, 집집마다 간직한 역사와 사연이 5월의 미풍에 실려 속살거리는 듯했다.

우리가 찾는 교회[Basilica di San Francesco]는 좁고 가파른 비탈길의 맨 꼭대기에 있었다. 조금 올라가다 말고 배가 고파 길가의 식당에 들어갔다. 메뉴판을 보고 아무거나 시켰더니, 빵가루를 입혀 튀긴 돈까스 비슷한 음식이 나왔다. 지금 내 입으로 들어가는 게 생선인지 고기인지도 모르고 허겁지겁 맛있게 먹었다. 식사를 끝낸 뒤 어머니와 난 '생선이다' '아니다, 오리고기이다' 서로 우기며 사소한 언쟁을 벌였다. 그처럼 평화로운 시골마을에서 대체 무슨 짓이었던지.

유럽의 유수한 교회들을 들어가보았지만 여기처럼 성령으로 가득찬

곳은 처음이다. 그 성스러운 분위기에 감화받은 나는 발걸음 하나라도 더 조심, 마음을 아무렸다. 좀 지나치다 싶게 벽과 천장이 빽빽하게 벽화로 채워졌지만, 그게 그리 조잡스러워 보이지 않았다.

프란체스꼬 성인의 일생을 그린 벽화들은 형체를 알아보기 힘들 정도로 심하게 훼손되어 있었다. 이 그림들을 과연 누가 그렸는가는 이딸리아 미술의 가장 큰 미스테리 가운데 하나이다. 제작연대는 1290년에서 1300년 사이로 추정되는데 이 무렵 지오또의 나이는 20대이다. 젊은 지오또인가. 아니면 그에게 그림을 가르쳐준 이름이 알려지지 않은 대가인가. 지오또일 거라는 주장이 전통적으로 받아들여져왔다.

새와 대화를 나누는 성인, 옆에서 놀란 눈으로 그를 지켜보는 수사. 도판으로 「새들에게 설교하는 성 프란체스꼬」를 처음 접했을 때 나의 관심은 두 사람이 걸친 망또에 쏠렸었다. 옷 속에 들어 있는 3차원의 인체를 상상할 수 있게 조각적으로 모델링된 옷주름, 바윗덩어리와 같은 묵직한 양감과 중량감으로 부풀어오른 망또 그리고 그 속에 갇혀 있지만 곧 꿈틀거리며 밖으로 삐져나오려 하는 인간의 육체에서 이제 중세가 끝나고 르네쌍스가 임박했음을 감지할 수 있었다.

깜짝 놀란 수사의 표정이 재미있다. 마치 전기에 감전된 사람 같다. 무엇을 보고 그리 놀라는 걸까. 새들과 대화하는 성인을 처음 보나? 그의 눈길을 따라가던 나의 시선은 화면의 오른쪽에 서 있는 잎이 무성한 나무 한 그루에서 멈췄다.

나는 서양미술사에서 이처럼 기운이 생동하는 나무를 본 적이 없다. 새들이 죽고 인간이 죽은 뒤에도 그것은 영원히 살아 잎을 피울 것 같다.

지오또 이전의 그림에 등장한 나무는 현실의 나무가 아니었다. 그것은 하나의 상징으로서 계절을 암시하거나, 이야기의 이해를 돕기 위해

지오또(?), 새들에게 설교하는 성 프란체스꼬, 1290~1300년경

마스터 휴고(Master Hugo), 계율을 해석하는 모세 ,
1130~40년경

들어간 소도구에 지나지 않았다. 중세 시대 자연 묘사의 한 예로서『베
리 성경』(The Bury Bible)에 그려진「계율을 해석하는 모세」(1130~40
년경)를 보자. 어머니인 대지에서 유리된 채 박제된 이파리와 앙상한
줄기로 회화공간을 떠도는 소외된 존재들——혹 온전한 모양을 갖추
더라도 지오또의 그림에서처럼 등장인물을 압도하는 크기로 실물의
비례에 맞게 그려지지는 않았다.

　복음서의 테두리를 장식하던 추상적인 '문양'에서 푸른 하늘 아래,
흙 냄새 나는 현실의 나무로 지상에 뿌리를 내리기까지 얼마나 많은
세월이 흘러야 했던가.

　처음 글을 배운 초등학생처럼 또박또박 정성을 들여 모델링한 3차

원의 입체감 부여는 아직 서투르다. 그 이후의 레오나르도 다빈치나 라 파엘로 같은 전성기 르네쌍스 화가들의 능란한 솜씨에 견주면 혹 유치 해 보일 수도 있다. 그러나 지오또의 단순한 선과 소박한 형태에는 풋 풋한 생기가 깃들여 있다. 그것은 다시는 되풀이될 수 없는 청춘의 순 정 같은 거다. 소동파가 말했듯이 "이루기 어려운 것은 巧(정교함)가 아니라 拙(거침)이다."(J. 케힐, 조선미 옮김, 『중국회화사』, 열화당 1988, 266면) 타고난 서투름은 한번 잃으면 결코 되찾을 수 없으니까.

5월 17일. 오전에 로마 공항에서 어머니와 헤어졌다. 여권심사대 너 머로 사라지는 어머니의 뒷모습을 보며 마치 귀찮은 짐짝 부치듯 어머 니를 먼저 보내는 게 아닌가, 자책감이 들었다. 항공사 직원에게 갈아 타는 승객을 위한 특별써비스를 요청하고 어머니에게 꼬리표를 써드 렸지만 무사히 도착할지 걱정이 된다.

이제 나 혼자서 어디로든 갈 수 있다. 그런데 어디로 가야 하나? 해 방감과 막막함이 교차했다. 공항의 바에 앉아 앞으로의 여정을 생각하 고 있는데 뜻밖의 사고가 생겼다. 오렌지 주스를 주문하고 잔돈이 없어 5만리라짜리 지폐를 내밀었는데 웨이터가 거스름돈을 제대로 안 준 것 이다. 몇차례 강력하게 항의한 끝에 돈을 되돌려받기는 했지만 기분이 좋지 않았다. 그 참에 쌓였던 긴장과 피로가 한꺼번에 몰려와 머리가 아프고, 그만 이딸리아에 정나미가 떨어졌다. 그래서 나는 쏘렌또행을 포기하고 다음날 빠리행 열차를 탔다. 좀더 합리적이고 이성적인 곳에 서 푹 쉬고 싶은 일념으로.

빠리 2

어머니와 헤어진 뒤 나는 빠리를 거점으로 두 차례에 걸쳐 유럽을 더 돌았다. 2, 3주씩 혼자 돌아다니다 힘들면 빠리로 오고 잠시 쉰 다음 다시 떠나는 식으로. 그럭저럭 빠리에는 오며가며 근 한달간 체류했다.

나는 언제 답을 얻을 것인지, 생은 왜 내게 이다지도 낯설까. 이방의 도시를 전전하며 나는 자신과 끝없는 대화를 나누었다.

너무 일찍 빠리에 떨어지면 갈 데가 마땅치 않다. 오전 열시 이전엔 호텔의 빈방 구하기도 쉽지 않고 미술관도 문을 열지 않는다. 1996년 5월 19일 아침 이딸리아에서 갓 돌아온 나는 짐을 일단 호텔 프런트에 맡기고 뤽쌍부르 공원 근처를 어슬렁거리며 시계를 보다가 로댕 미술관으로 향했다.

「생각하는 사람」(1880년), 「지옥문」(1880~1917년) 등 로댕(François Auguste René Rodin, 1840~1917)의 유명한 조각들이 파란 하늘을 이고 우뚝 서 있었다. 나는 로댕의 조각을 두루 좋아하지만 나이가 들수록 기념비적 대작보다는 사사로운 소품 쪽으로 기호가 바뀌고 있다. 정

로댕 미술관

원에 흩어져 있는 야외 조각들을 보는 둥 마는 둥 건성으로 둘러본 뒤에 미술관 안으로 들어갔다.

손을 모티프로 한 조각들은 많은데 내가 찾는 작품은 없었다. 내가 찾는 건 「신의 손」(1902년)이다. 몇년 전 책에 실린 사진을 보고 가슴을 찌르는 전율은 아니지만 아, 하고 그 기막힌 발상에 고개를 끄덕였었다.

제목을 보지 않았다면 나는 이 작품을 그저 그런 에로틱한 소품이라고 치부했을 것이다. 그만큼 감각적으로 조각된 누드였다. 그런데 자신의 손바닥 안에서 노는 인간들을 내려다보는 신이 있었던 것이다.

못 찾겠다고 포기했지만 손을 주제로 한 작품들에 자꾸 시선이 갔다. 그 가운데 가장 인상적인 것은 「성당」(1908년)이었다. 기도하는 인간의 손이 맞닿아 성당을 세우고 있는데, 수직으로 곧추선 모습이 고딕 성당을 연상시킨다. 그런데 그 손이 가냘프고 고와서 일하는 손 같지

로댕, 신의 손, 1902년

로댕, 성당, 1908년

않다. 성당의 첨탑을 높이 올리는 일은 대단한 공사였을 텐데, 기도하는 손뿐 아니라 일하는 손도 필요했을 텐데.

1층 홀에 전시된 「키스」(1888~98년)를 보자마자 대뜸 난 '이건 로댕과 끌로델이다'라고 멋대로 짐작해버렸다. 로댕의 제자이며 모델이었던 재능있는 여자 조각가가 절망적인 사랑에 빠져 파멸해가는 이야기를 그린 영화의 장면들이 하나둘 떠올랐다. 로댕에게 여자가 그녀만이 아니었을 텐데…… 자신의 정열을 이기지 못하고 미쳐버린 끌로델의 이미지가 워낙 강렬했던 탓이리라.

로댕의 다른 작품들에서 보이는 특징들——기발한 상상력, 과장된 형태, 번쩍이는 인상파적 표면효과가 여기엔 없다. 포옹의 순간을 그대로 잡은 듯 평범한 구도, 관능적인 누드, 하얀 대리석, 반질반질한 표면, 실물 크기의 조각이 조금은 감상적이고 속돼 보이기까지 한다. 그런데 그것만이 아니었다. 애무에 임하는 남녀의 자세가 너무 다른 것이다.

상대의 목을 끌어안고 비스듬히 기댄 여자에 비해, 남자는 허리와 무릎을 꼿꼿이 세우고 앉아 있다. 두 사람의 발이 바닥에 닿는 각도도 다르다. 남자는 발바닥 전체가 땅에 닿는 반면, 여자는 발꿈치를 들고 끝만 가까스로 댄 위태로운 자세이다. 남자는 강한데 여자는 금방이라도 무너져내릴 것 같다. 90도와 45도의 차이라고나 할까.

그래서 팔과 다리, 얼굴 등 신체의 여러 부위가 맞닿아 있음에도 불구하고 그들의 결합은 불안정해 보인다. 남과 여의 숙명적인 어긋남이다.

미술관을 나와서 정원의 벤치에 앉았다. 화단의 붉은 장미들이 어느새 새까맣게 시들어가고 있었다. 일어나 뜰을 이리저리 거닐었다. 곡선이 휘몰아치는 로댕의 조각과는 달리 반듯하게 깎인 나무들과 잔디, 기

로댕, 키스 1888~98년

하학적으로 꾸며진 전형적인 프랑스식 정원이다. 지금은 미술관으로 개조됐지만 이곳은 한때 로댕이 거주하던 저택이었다.

이처럼 차갑게 정돈된 환경 속에서 살면서 어쩜 그렇게 뜨거운 선과 형태들이 나왔는지. 자신 속에 들끓는 열정을 가라앉히고 작업에 몰두하려면 포장된 질서와 평화가 더 절실했는지도 모른다.

오른쪽 구석에 있는 「지옥문」 앞에서 나는 멈추어 섰다. 형체를 잘 분간할 수 없을 만큼 뒤엉킨 인체들이 한 덩어리가 되어 지옥의 입구에서 신음하고 있었다.

「지옥문」에는 로댕이 평생에 걸쳐 제작한 거의 모든 인체 조각들의 원형이 총망라되어 나타난다. 위쪽 중앙에 「생각하는 사람」이 앉아 있다. 문에 엉겨붙지 않고 홀로 떨어져 고독한 상념에 잠긴 그는 작가의 분신일 것이다. 그 호젓한 포즈가 거인의 고뇌답다.

단떼의 『지옥』과 보들레르의 『악의 꽃』, 그리고 미껠란젤로의 「최후의 심판」에서 영감을 얻어 만든 작품이라는데, 세상에 무슨 죄가 이리도 많은지. 지옥에 대한 인간의 상상력과 천국에 대한 인간의 상상력 가운데 어느 게 더 풍부할까. 도대체 선과 악이라고 구분할 만한 게 있기라도 한 건지. 로댕의 지옥문을 들여다보며 나 또한 내 속의 '지옥'을 헤아렸다. 내가 짓고 허문 마음의 감옥들을……

　　로댕의 「지옥」에서 당신은 괴물을 발견하지 못할 것이다.(…) 이 남자들과 여자들을 괴롭히는 사악한 악마는 바로 그들 자신의 열정이며, 그들의 사랑과 증오 그 자체이다. 악마란 바로 그들 자신의 육체이며, 그들 자신의 생각이다.

우리가 저마다 이고 사는 지옥의 본질을 이처럼 한 쾌에 꿰뚫은 사

로댕, 지옥문, 1880~1917년

로댕, 발자끄, 1892~98년

람은 로댕과 동시대의 소설가인 아나똘 프랑스(Anatole France, 1844~1924)였다.

로댕 미술관을 방문한 지 며칠 뒤에 샹젤리제 대로에서 「발자끄」(Balzac, 1892~98년) 상을 보았다. 그 무렵 샹젤리제에서 야외조각전이 열려 원래의 자리인 로댕 미술관에서 옮겨져 전시된 것이다. 예전에 도판으로 접하고 꽤나 넋을 빼앗겼던 작품인데도 나는 무덤덤하게 지나쳤다. 길 한복판에서 먼지를 꼼짝없이 뒤집어쓰고 뒤로 넘어질 듯 서 있는 모습이 딱해 보일 따름이었다.

같은 작품이라도 사진으로 볼 때와 직접 원작을 대할 때는 감흥이 다르다. 뜨거웠던 마음이 식기도 하고, 시들했던 것이 갑자기 눈이 번쩍 뜨이는 매력으로 다가올 수도 있다. 미술작품의 감상에 따르게 마련인 이 우연성을 나는 사랑한다. 뜻밖의 어긋남이 없었다면 나는 지리한 미술관 순례를 계속할 수 없었을 것이다.

Y의 소개로 빠리 남쪽에 위치한 시립국제대학(Cité Internationale Universitaire), 세칭 '씨떼'의 이딸리아관에 샤워기와 화장실이 딸린 방을 구했다.

씨떼는 빠리의 모든 대학 기숙사들이 한군데 모여 조성된 커다란 대학촌이다. 본관 외에도 식당, 까페, 우체국, 은행, 심지어 구내 영화관에 이르기까지 각종 편의시설들이 갖춰져 있다. 오대양 육대주의 거의 모든 문명국가의 기숙사들 —— 멕시코관, 인도관, 일본관, 하다못해 리비아관도 있는데 한국관만 없다. 1950년대 중반에 프랑스 정부가 부지를 마련하고 세계 각 나라로부터 신청을 받아 건물을 짓게 했는데 당시 우리는 전쟁 직후라 경황이 없어 미처 응하지 못했다고 한다.

방학중에는 유학생이 아닌 나 같은 단기 체류자도 받아준다. 호텔에 비해 방값도 싸고 공동부엌도 딸려 있어 생활하기에 훨씬 편리했다.

오후에 중국슈퍼에 가서 쌀과 라면 등 식료품과 간단한 주방그릇 몇 가지를 샀다. 끼니마다 나가서 사먹는 것도 번거롭고, 단 며칠이라도 밥을 해먹고 싶어서였다. 집 떠난 지 얼추 한 달이 지나 슬슬 '내것'이 그리워질 때였다. 냄비 하나에 접시 두어 개로 시작한 게 갈수록 늘어 귀국할 무렵엔 아예 한 살림 차릴 정도로 불어났다. 유럽의 모처를 전전하다가도 지치면 빠리로 돌아온 건, 거기에 가면 쉴 수 있으리라는 기대 때문이었다. 호텔의 체크아웃 시간에 신경 안 쓰고 늦잠을 잘 수 있고, 배고프면 라면쯤은 끓여 먹을 수 있는 생활에의 기대가 빠리를 임시 고향으로 만든 것이다.

마드리드

에스빠냐로 가는 길은 멀고 험했다. 삐레네 산맥을 넘으니 풀 한포기 없는 황량한 바위 언덕이 끝없이 펼쳐졌다. 사람은커녕 하늘을 나는 새 한마리 보이지 않는 살벌한 풍경이었다. 황폐하다는 게 이런 거구나, 내 속에 싹트는 여행에의 들뜬 기대가 가라앉는 기분이었다.

빠리에서 야간 특급열차를 타고 열세 시간 달려 다음날 아침 마드리드에 떨어졌다. 객실에 서너 시간만 앉아 있으면 어느새 훌쩍 다른 나라에 와 있는, 유럽을 다니며 경험했던 장난 같은 국경 넘기가 통하지 않은 것이다. 그 먼 거리만큼이나 에스빠냐는 겉은 유럽에 속해 있지만 속은 완전히 다른 나라, 다른 대륙이었다.

여행을 떠나기 전에 나는 에스빠냐에 대해 많은 얘기를 들었다. "꼭 가봐, 굉장한 데야." "네 성격에 잘 맞을 거야." "이슬람 문명과 기독교 문명이 뒤섞여 색다른 분위기를 풍기는 곳이지." 사람들의 말은 하나같이 예찬 일색이었고 또 이구동성으로 내 기질과 잘 맞아떨어질 거라고 해서 적잖이 부풀어 있던 게 사실이다. 에스빠냐엔 또 내가 좋아하는 예술가도 많다. 엘 그레꼬, 고야, 로르까…… 엘 그레꼬가 그린 「똘레도 풍경」의 배경이 되는 똘레도를 둘러보는 건 내가 에스빠냐에 온 이유 가운데 하나였다. 그러나 이틀 동안, 아니 정확히 만 하루하고 반 나절을 머문 마드리드에서 난 줄곧 때와 장소를 맞추지 못해 허둥대야 했다.

1996년 5월 25일 아침, 아또차 역에 내린 나는 출구를 찾지 못해 삼십분 가량 청사 안을 빙빙 돌았다. 에스빠냐에선 영어가 잘 통하지 않는다는 얘기를 들은 터라 기차 안에서 벼락치기로 생활 에스빠냐어 몇 마디를 겨우 익혔었다. 내가 열심히 외운 단어 가운데 하나가 'salida'(출구)였다. 그래서 다짜고짜 출구 표시만 따라갔는데, 문이 잠겨 있는 게 아닌가. 지나가는 사람 서너 명을 붙잡고 정신없이 손짓과 눈짓을 하고 나서야 간신히 밖으로 나올 수 있었다. 어쩐지 처음부터 어긋나는 게, 이 도시에서 오래 못 버틸 것 같은 예감이 들었다.

쏘피아 미술쎈터에서 본 삐까소의 「게르니까」(1937년)는 별로였다. 그의 작품을 좋아하지 않지만, 20세기의 신화가 된 천재 예술가의 명성으로부터 자유롭지 않아 마지못해 미술관을 찾았던 것이다.

「게르니까」는 화가의 조국인 에스빠냐의 소읍 게르니까가 독일 공군에 의해 무차별 폭격을 당했다는 뉴스를 듣고 격분하여 그린 대작이다.

전쟁의 비극을 고발한 작품이라는 건 알겠는데, 내겐 왠지 폭격당해 쓰러지는 사람들의 절규가 들리지 않았다. 절제된 색채와 평면구성만 돋보일 뿐이었다.

미술관을 나와 점심인지 저녁인지 모를 식사를 했다. 여기 사람들은 점심을 2~4시에, 저녁을 밤 10~12시에 먹는다. 그래서 시간을 맞추

삐까소, 게르니까, 1937년

지 못하면 다음 끼니때까지 쫄쫄 굶는 수밖에 없다. 전날 마드리드행 기차 안에서 저녁 8시였는데도 아직 음식준비가 안 됐다는 주방장의 말에 식당차에서 차만 마시고 나와야 했다. 크게 골탕을 먹었는데도 또 때를 놓치고 말았다. 습관이란 무서운 것이다.

　호텔방에 누워 잠을 청하는데 밤 열시쯤 됐을까. 갑자기 떠들썩한 소리가 들려왔다. 마드리드에서 내가 묵었던 호텔은 아또차 역 앞의 대로변에 붙어 있어 거리의 소음이 들리는 건 당연하나, 이건 좀 심하다 싶게 시끄러웠다. 창밖을 내다보니 자동차들이 경적을 빵빵 울려대고 플래카드를 든 젊은 남녀들이 떼를 지어 행진하며 큰 소리로 외치고 있었다.

　유럽을 여행하며 나는 그날처럼 한 장소에서 많은 사람들을, 그것도 관광객이 아닌 현지인들을 본 적이 없다. 독일의 쾰른에서 목격한 카니

발의 소란과는 비교가 안 되는, 흥겨운 정도를 넘어선 감정의 폭발이었다.

처음에 나는 무슨 큰일이 일어난 줄 알았다. 에스빠냐는 군사독재에서 민주주의로 넘어온 지 얼마 되지 않은 나라다. 혹시…… 내란이나 그에 준한 사태가 발생한 건 아닐까. 걱정이 된 나는 호텔 로비로 내려가 접수처의 직원에게 물어보았다.

"무슨 일이냐?" "마드리드 팀이 축구 경기에서 이겼다." "어디와 싸웠느냐?" "싸라고싸하고."

……세상에. 월드컵에서 우승한 것도 아니고, 다른 나라와 국제경기를 치른 것도 아니다. 같은 나라, 에스빠냐의 두 도시인 마드리드와 싸라고싸의 축구시합에서 이긴 게 뭐 큰 대수라고, 이 난리를 피우는가. 여기도 우리처럼 지역감정의 골이 깊은가.

다음날 아침, 서둘러 일어나 짐을 싸서 호텔을 나왔다. 지난밤의 소란으로 잠을 설쳐 이 도시를 가능한 한 빨리 뜨고 싶었다.

쁘라도 미술관(Museo del Prado)에서는 마침 고야 탄생 250주년을 맞아 대대적인 회고전이 열리고 있었다. 여기까지 와서 고야를 못 보고 가면 후회할 것 같아, 짐을 호텔 프런트에 맡기고 미술관으로 향했다.

나는 그날 쁘라도에서 고야(Francisco José de Goya y Lucientes 1746~1828)를 보았다고 할 수가 없다. 땡볕에서 한 시간 가량 줄을 서 기다린 끝에 미술관 안으로 들어가긴 했다. 그런데 인파에 휩쓸려 전시실을 채 다 돌기도 전에 쫓겨나야 했다. 일요일은 일찍 문을 닫는다며, 관람시간이 끝났으니 나가달라는 것이다.

미술관을 지키는 직원들에게 간곡히 물어보았다. "그러면 내일은 문을 여느냐?" "내일은 교회의 축일이다." "그럼 모레는?" "화요일까지 휴관이다." 에스빠냐엔 참 노는 날도 많다. 고야를 보기 위해 이 정신없는 도시에 이틀을 더 머문다? 그렇게까지 공을 들여 그림을 감상할 여유가 내겐 없었다.

시간에 쫓겨 허겁지겁 그림들을 훑어나가며 나는 끔찍한 한 시대의 악몽 속을 거니는 듯 마음이 무거웠다. 「인형놀이」(1791년)처럼 가벼운 로꼬꼬풍의 풍속화에서도 어떤 신랄함이 감지되었다. 놀이에 열중한 여자들은 인형처럼 맹하게 웃고 있고, 허공에 떠 있는 꼭두각시는 자신을 갖고 노는 인간들을 비웃는 듯 몸이 그로테스크하게 뒤틀려 있다. 누가 인형이고 누가 사람인지 모르게.

1792년 갑자기 병에 걸려 귀머거리가 된 뒤에 제작된 작품들에서 현실을 보는 고야의 시선은 더 깊어지고 예리해진다. 무언의 침묵 속에서 화가는 남들이 듣지 못하는 소리들을 들은 것일까? 사람들을 가까와지게도 하고 멀어지게도 하는 저 은밀한 수근거림과 비명소리들을…… 육체의 귀는 막혔지만, 그래서 오히려 더 열려진 마음의 귀로 몰래 엿들은 것인가.

「까를로스 4세의 가족」(1800년)에는 궁정화가였던 고야의 에스빠냐 왕실에 대한 은근한 냉소가 숨어 있다. 왕족을 감싼 의복과 장신구들은 캔버스 바깥으로 튀어나올 듯 찬란하게 빛나는 데 비해, 정작 그림의 주인공인 인간들은 유령처럼 창백하고 음침한 얼굴을 하고 있다. 인물 개개인의 자세도 어색하기 짝이 없는데, 이 역시 화가의 의도에 따라 교묘하게 계산된 것이다.

화면의 중앙엔 왕이 아니라 왕비가, 두 아이의 손을 잡고 턱을 높이 치켜든 채 서 있다. 왕비 마리아 루이자는 당시 에스빠냐의 재상인 고도이와 놀아나며 왕을 제치고 국정을 좌지우지했다고 한다. 이처럼 불손한(?) 그림을 보고 국왕 본인은 대단히 만족스러워했다고 하니, 참으

고야, 인형놀이, 1791년

고야, 까를로스 4세의 가족, 1800년

렘브란트, 도살된 소, 1655년

로 멍청하고 무능한 군주였나보다.

　'식탁에 오르기 위해 도살되는 가축'이라는 주제는 서양미술사에서 하나의 전통으로 자리잡은 단골 메뉴이다. 루브르에 있는 렘브란트의 「도살된 소」(1655년)는 이 계열 작품들의 시조라고 할 수 있는데, 나무에 매달린 소의 모습이 '십자가에 매달린 예수'를 연상시킨다.

　렘브란트와 마찬가지로 고야도 정물화를 그릴 때조차 단순히 사물의 겉만 묘사하지 않았다. 「죽은 닭들」(1808~12년)은 그날 쁘라도에서 가장 내 속을 뒤집어놓은 그림이다. 서로 몸이 뒤엉키어 죽은 검은 닭들의 시체를 밟고 홀로 선 흰 닭, 그건 그냥 가볍게 눈요기로 즐겨도 좋은 부엌의 정물이 아니었다. 그건 인간의 이름으로 저질러지는 짐승보다 못한 만행, 즉 동종의 인류에 대한 학살을 고발하는 역사화였다.

「거인」(1808~12년) 「1808년 5월 3일」(1814년) 등 전쟁의 참화를 주제로 한 고야의 어느 대작보다도 이 자그마한 닭 그림이 속이 메스꺼울 정도로 피비린내를 풍기는 이유는 무엇인가. 캔버스엔 피가 한방울도 묻어 있지 않은데 말이다. 그것은 은유의 힘이 아닌가 싶다.

직접 들이대는 것보다 빗댄 암시가 때로는 더 강력하고 폭넓은 상상의 여지를 남길 수도 있다. 검은 닭들을 짓밟고 선 흰 닭은 에스빠냐 민중을 살육했던 프랑스 군인일 수도 있고, 국민을 수탈하는 에스빠냐의 전제군주일 수도 있다. 인류가 존속하는 한 어느 시대를 막론하고 세계 어느 곳에서든 일어날 수 있는 —— 인간이 인간에게, 인간이 동물에게, 그리고 나아가 한 존재가 다른 존재에게 가하는 —— 부당한 폭력

고야, 죽은 닭들, 1808~12년

고야, 1808년 5월 3일, 1814년

의 증거로서 읽히는 것이다.

흰 닭과 검은 닭, 밟는 자와 밟히는 자…… 그 섬뜩한 명암대비가 없었다면 이 작품은 평범한 정물화로 끝났을지도 모른다. 정물화와 역사화의 차이는 그림의 소재에 달린 것이 아니다. 요컨대 화가가 사물을 어떤 눈으로 보았느냐, 그리고 자신이 본 것을 어떻게 사람들에게 보여주느냐에 달려 있다.

전시실에서 쫓겨나 미술관 건물 밖에 있는 가게에 들어갔다. 화집이랑 그림엽서와 더불어 메달이나 스카프 등 기념품도 파는, 상점인지 서점인지 아리송한 곳이었다. 「죽은 닭들」의 그림엽서를 사려고 진열대를 뒤졌건만 찾지 못했다. 이럴 경우를 대비해 카메라를 갖고 왔는데,

빠리를 떠나며 거추장스런 보따리들과 함께 잠시 친구에게 맡겨놓은 게 못내 후회되었다. 하긴 쁘라도처럼 큰 미술관에서는 촬영을 불허했을 테지만. 카메라 없이 다닌 첫번째 유럽여행 때처럼 머릿속에 사진을 찍어놓으면 되지, 자위했건만 마음에 드는 작품의 도판을 구하지 못할 경우엔 아쉬워 발걸음이 떼지지 않는다.

그날 오후 호텔을 나와 역을 향해 걸어가다가 뜻하지 않은 봉변을 당했다. 어떤 젊은 남자가 다가와 잘 알아들을 수 없는 영어로 뭐라 말하며 내 등을 가리켰다. 나는 바싹 긴장했다. 물을 엎지른다든지 괜히 말을 붙여 관심을 딴 데로 돌린 다음에 슬쩍 지갑을 터는 소매치기도 있다는 얘기를 들었기 때문이다.

그는 가지 않고 서서 계속 내 등을 가리켰다. 그러고 보니 어쩐지 등이 축축한 느낌이 들었다. 어깨에 걸친 핸드백을 앞으로 당겨 만일의 사태에 대비한 다음 웃도리를 벗어보았다. 이걸 어쩌나! 노란 겨자가 잔뜩 묻어 있는 게 아닌가. 손수건으로 닦아도 소용없을 정도로 옷 전체에 걸쳐 노란 물이 들어 있었다. 어떻게 이 지경이 되도록 눈치를 못 챘을까? 아무리 생각해도 석연치 않았다. 햇빛이 뜨거운 날인데 마르지 않은 걸로 보아 이건 방금 묻은, 실수로 묻힌 게 아니라 누가 일부러 던진 게 분명했다. 그리고 그 양으로 보아 한 사람이 아니라 여럿이 작당해서 해코지한 게 틀림없었다.

역에 도착하자마자 화장실로 뛰어들어가 옷을 갈아입었다. 상의뿐만 아니라 바지에도 겨자가 묻어 있었다. 갈아입을 깨끗한 바지도 없는데 어떡하나. 대체 무슨 잘못을 했다고 내게 이런 몹쓸 짓을 하나. 혹시…… 아까 그 청년한테 당한 게 아닌가? 얼른 가방을 열고 확인해보았다. 지갑의 돈은 그대로 있었다. 차라리 돈을 노리고 그랬다면 이해해줄 수도 있다. 전혀 알지 못하는 동양의 여행자에 대한 이들의 이유

없는 적의에 나는 몸서리를 쳤다.

　더이상 에스빠냐에 머물고 싶지 않았다. 그래서 나는 똘레도를 지척에 두고도 가지 않고 계획을 바꾸어 프랑스의 니스로 향했다. 시계를 보니 오후 네시, 바르쎌로나행 특급이 출발하기 직전이었다. 허겁지겁 아무 칸에나 올라탔다.

니스

여행을 하면서 나는 점점 내 자신에 근접해갔다. 내가 어떤 인간인지, 내가 마지막까지 포기할 수 없는 게 무엇인지. 얼마짜리 방이면 만족할 수 있는 인생인지. 무엇을 두려워하고 무엇을 그리워하는지……

바르쎌로나에서 1박한 뒤 지중해의 푸른 해안을 달려 니스에 도착했다. 이른바 꼬뜨 다쥐르(côte d'Azur, 감청해안)에 속하는 남프랑스의 대표적 휴양도시인 니스에서 일주일 가량 머물며 나는 모처럼 한가한 시간을 보냈다. 마치 오랫동안 굴 안에 갇혀 충분한 산소를 공급받지 못하다가 어느날 세상으로 나온 사람처럼 지중해의 자유로운 공기를 만끽했다.

날마다 바닷가에 나갔다. 해수욕하는 사람들을 쳐다보며 그냥 벤치에 우두커니 앉아 있다가, 심심하면 해변을 따라 걸으며 상점의 쇼윈도우를 구경했다. 그러다 혹 맘에 드는 물건이 보이면 충동구매를 했다. 소매 없는 원피스와 귀걸이, 한국에서는 입기를 꺼려하던 옷가지를 사서 걸치고 장신구를 주렁주렁 매단 채 보란 듯이 거리를 활보했다.

마띠스, 마띠스 부인의 초상, 1905년

샤갈, 낙원에서 추방된 아담과 이브, 1961년

그렇게 해서라도 예전의 내가 아닌 다른 사람이 되고 싶었다. 그동안 내 몸과 마음을 얽매던 속박을 풀고 '나'를 찾고 싶었다. 피서지의 청춘남녀들처럼 생을 즐길 줄 아는 인간이 되고 싶었다. 그러나……
그게 어디 외모만의 문제이겠는가.

난 단지 소망했을 뿐이다. 온몸의 핏줄과 신경세포의 구석구석에 진을 치고 있는 저 거대한 뿌리를, 내 시퍼런 젊음을 저당잡혔던 첫사랑을, 니스에서만큼은 잊고 싶다고. 저 위대한 태양 아래 생이 작열하는 이곳에서 다시 시작하고 싶다고.

날을 잡아 천천히 산보하는 기분으로 씨미에 언덕에 있는 마띠스 미술관(Musée Matisse)과 샤갈 미술관(Musée National Message Biblique Marc Chagall)을 방문했다. 평소에는 가볍다고, 천박하다고 거들떠보지도 않던 마띠스와 샤갈의 작품들을 나는 그제야 이해할 수 있었다. 니스에서 살며 작업했던 그들의 캔버스들이 왜 그토록 밝고 삶의 환희에 넘치는지를. 여기처럼 태양이 눈부신 곳에서는 렘브란트와 같은 깊은 우울은 결코 나오지 못하리라. 설령 그런 작품이 나온다 하더라도 오래가지 못하리라. 예컨대 「마띠스 부인의 초상」(1905년)에서처럼 얼굴의 그림자도 초록과 주홍 등 원색에 가깝게 밝게 빛나는 게 당연하다. 이곳에선 그게 더 자연에 가깝다.

샤갈 미술관의 중앙 홀에 걸린 「낙원에서 추방된 아담과 이브」(1961년)처럼 웃기는 종교화도 없을 것이다. 낙원에서 추방된 아담과 이브가 너무 행복하게 그려져 있다. 마치 이때를 기다렸다는 듯이 뱀 위에 올라타고 어디론가 희희낙락 가고 있다.

내쫓는 천사나 쫓기는 연인들이나 모두 꿈을 꾸는 듯, 하늘을 나는 건지 물 속을 헤엄치는 건지 모르게 허공을 둥둥 떠다닌다.

천사의 칼과 구름에서 보이는 푸른색은 뱀과 이브의 머리에 나타난 붉은색과 대비를 이루고 있다. 그러나 화가가 이를 통해 선악을 구분하려 한 것 같지는 않다. 이는 단지 선명한 화면구성을 위한 장치일 뿐이다. 구약의 창세기를 달콤한 사랑노래로 바꾸어놓은 샤갈. 그가 순진한 건지, 그만큼 자유롭다는 건지.

그는 생의 다른 이면에 대해선 몰랐던가. 동화가 끝나는 지점을…… 러시아의 가난한 유태인으로 태어나 혁명을 겪고 격변기를 헤쳐온 사람의 그림에서 어떻게 장밋빛 인생의 찬가가 울려퍼질 수 있는지, 조울증 환자처럼 붕붕 날아다니는 그의 연인들을 보며 나는 늘 궁금했었다.

전시실 바깥에 샤갈과 그의 아내, 그리고 그들이 낳은 딸아이의 가족사진이 붙어 있었다. 그들은 행복해 보였다. 아, 이러니 그처럼 화사한 그림이 나올 만도 하지, 하고 나는 고개를 끄덕였다.

그날 오후 미술관을 나오며 샤갈의 행복한 연인들이 그려진 그림엽서를 한장 사서, 한창 열애중인 서울의 친구에게 보냈다. "이 세상에 아직도 사랑이 존재한다는 것을 나에게 보여준 너희들 두 사람의 앞날에 행운이 있기를……"

불볕 더위가 기승을 부리던 어느날 오후, 니스 시내에 위치한 근현대미술관(Musée d'Art Moderne et d'Art Contemporain)을 방문했다. 자그마한 휴양도시의 미술관이니 '현대미술'이라 그래봤자 얼마나 현대적일라구, 가벼운 마음으로 찾아갔는데 의외로 거대한 컬렉션과 맞닥뜨렸다. 가운데가 뻥 뚫린 독특한 구조의 4층 건물로 전시공간이 꽤 넓어 하루에 다 둘러보기가 만만치 않았다. 1960년대부터 현재까지 프랑

스와 미국의 전위미술이 팝아트, 네오리얼리즘, 미니멀리즘 등 계열별
로 전시되어 있었다. 그러나 말이 작품이지 고철덩어리나 헝겊쪼가리
로 만든 넝마 같은 오브제들도 많았다.

아르망 페르낭데(Armand Fernandez), 로버트 라우셴버그(Robert
Rauschenberg), 앤디 워홀(Andy Warhol) …… 그리고 이브 끌랭(Yves
Klein, 1928~62). 현대미술을 대표하는 이 기라성 같은 이름들 가운데
단연 내 관심을 끈 것은 이브 끌랭의 모노크롬 회화였다. 하나의 색으
로 환원된 캔버스와 조각들——

내가 좋아하는 파란색을 원없이 보았다. International Klein Blue
(앞글자만 따서 I. K. B.라고도 함)라 불리는 파란색은 끌랭이 직접 개발
한, 그의 전매특허나 다름없는 색이다.

물감으로 치면 코발트 블루와 울트라 블루의 중간쯤 될까. 무어라
표현하기 힘든, 독하고 순수한 파랑이다. 오래 들여다보면 눈이 부셔서
아파오는, 그런 빛이다. 그래서 때로는 붉은색보다 더 사람의 마음을
자극한다. 그 특유의 파란빛의 원천은 화가가 태어나 유년을 보낸 꼬뜨
다쥐르의 바다가 아니었을까.

끌랭은 니스에서 태어나 주로 빠리에서 활동한 프랑스 화가이다. 그
래서 니스를 빛낸 그를 기념하기 위해 근현대미술관 부근에 그의 이름
이 붙여진 광장도 있다고 하는데, 나는 여태까지 그를 미국 화가로 알
고 이름도 미국식으로 '이브 클라인'이라고 불렀었다. 나의 이런 착각
은 미국에서 유학하고 온 선생님으로부터 20세기 미술을 배우며 미술
가들의 이름을 모두 미국식으로 발음했기에 생긴 오해였다.

미술을 시작하기 전의 그의 경력이 매우 흥미롭다. 그는 공식적인

끌랭, 무제(I. K. B.), 1960년

미술수업을 전혀 받지 않았다. 한때 재즈 피아니스트였다가 일본 문화에 심취해 일본으로 건너가 토오꾜오에서 유도 강사로 일한 적도 있었다.

　미술에 대한 고정관념에 끊임없이 도전했던 그는 2차대전 이후에 나온 가장 전위적인 예술가 가운데 한 사람이었다. 누드 모델들의 머리부터 발끝까지 온통 예의 그 청색 물감을 덮어씌우고, 텅 빈 캔버스에 몸을 문지르게 했던 일은 두고두고 인구에 회자되는 유명한 사건이다. 이 요란한 해프닝을 계기로 그는 일약 세계 미술계의 전위로 각광을 받으며 그 이름이 널리 알려지게 되었다.

　너무 실험적으로 살아서 그랬는가. 끌랭은 34세의 젊은 나이에 심장마비로 돌연 세상을 떠났다. 1962년 그가 결혼식을 올린 바로 그 해에 일어난 사고였다.

빠리의 국제 현대미술관에서 있었던 끌랭의 해프닝, 1960년

화가가 평생에 걸쳐 자신의 색을 하나 창조했다는 건 대단한 일이다. 온통 파란빛으로 물든 전시실을 나오며 나는 예술이란 무엇인가, 예술가란 어떤 존재인가, 뜬구름 같은 화두를 붙잡고 오락가락했다.

피렌쩨

이딸리아 르네쌍스의 본거지였던 피렌쩨에서는 보이고 밟히는 게 다 예술일 정도로 미술관과 교회가 널려 있다. 그런데 막상 이곳에 와서는 일부러 어디를 찾아가 '작품'을 감상할 홍이 나지 않았다. 첫날부터 숙소를 구하느라 진이 빠져서 그랬는지. 그 즈음 한국에서 날아든 우울한 소식을 접해서 그랬는지. 딱히 무얼 구경하겠다는 생각 없이 거리를 걷다가 관광객들이 몰려 웅성거리는 곳이 나타나면 나도 따라 들어가곤 했다. 두오모, 싼 지오반니 세례당, 우피찌, 단떼의 교회…… 사람들에 휩쓸려 한번 휘이 둘러보고 나온 곳들이다.

이제 그만 집으로 돌아갈까, 슬금슬금 좀이 쑤시기 시작했다. 속이 울적하거나 답답하면 아무 버스나 걸리는 대로 집어타고 교외를 한바퀴 돌았다.

그렇게 며칠을 슬렁슬렁 보낸 뒤 어느날, 싼따 마리아 델 까르미네(Santa Maria del Carmine) 교회를 방문했다. 초기 르네쌍스를 대표하는 마싸치오(Masaccio, 본명은 Tommaso di Ser Giovanni 1401~28?)의 벽화들을 한번 꼭 봐야겠다면서도 차일피일 미루다, 피렌쩨를 떠나기

브란까치 가족 예배당의 왼쪽 벽

앞서 숙제 해치우듯 내친 발걸음이었다.

　브란까치 가족 예배당(Capella di Brancacci)의 왼쪽 벽에 「낙원에서 추방된 아담과 이브」(1424~25년)가 있었다. 아무것도 걸치지 않은 남녀의 나체가 눈이 부셨다. 옆에 그려진 「성스러운 세금」의 온몸에 천을 둘둘 휘감은 성인들과 대조가 되어 더욱 두드러져 보이는 인간의 알몸이다. 도판을 통해 여러번 접한 작품인데도 생판 처음 보는 것처럼 신선했다.

몇 발자국 뒤로 물러나서 그림을 올려다보았다. 도판으로 볼 때와 원작을 대할 때 느낌이 다른 작품들이 있는데 마싸치오의 경우가 그러했다. 부끄러움을 가려줄 실오라기 하나 걸치지 못한 채 울부짖는 두 남녀. 그 얼굴 표정과 몸짓이 너무나 격렬하고 실감나게 묘사되어 나도 모르게 숨이 막혔다.

긴 칼을 들고 인간들을 낙원의 문밖으로 내쫓는 천사는 복제사진에서는 위가 잘려나가 보이지 않던 부분이다. 그 기세등등한 모습이 없다면 그림이 훨씬 싱거워졌을 것이다. 추상 같은 신의 칼 앞에서 무방비 상태로 떨고 있는 두 사람이 애처로웠다.

며칠 전 니스에서 보았던 샤갈의 「낙원에서 추방된 아담과 이브」가 생각났다. 샤갈의 행복한 연인들과 달리 마싸치오의 아담과 이브는 슬프다 못해 반쯤 미쳐 있으니, 두 작품이 제목과 주제는 똑같지만 해석은 사뭇 다르다. 시대에 따라, 작가의 세계관에 따라 이렇듯 완전히 별개의 그림이 나온다는 게 당연한 일 같기도 하고 신기하기도 했다.

세부를 생략한 단순한 배경, 인물들에게 초점이 맞춰진 구성이 밀도 높은 심리드라마를 낳고 있다. 내가 보기에 이 작품의 진짜 주제는 '낙원에서 추방된 아담과 이브'의 이야기가 아니라, 비극적인 상황에 처한 두 인간의 정서적 반응이다.

이는 당대 유행한 국제 고딕 양식의 장식적인 그림들에선 볼 수 없는 근대적인 특징이다. 이딸리아 르네쌍스 회화가 그로부터 비롯됐다는 건 단지 원근법이나 명암법의 혁신만을 의미하지는 않는다. 이 작품에서처럼 등장인물의 '감정'을 하나의 회화적 주제로 독립시켜 다룬 것은 인간성에 대한 깊은 성찰이 없이는 불가능했으리라.

마싸치오, 낙원에서 추방된 아담과 이브, 1424~25년

마싸치오, 낙원에서 추방된 아담과 이브 (부분)

내가 계속 그림 앞을 머뭇거리자 예배당을 지키는 여자 직원이 다가 와 말을 건넸다. 그녀의 설명에 의하면, 원작에는 아담의 국부를 덮는 나뭇잎이 없었는데 후대에 사람들이 그려넣었다고 한다. 그러다 최근 에 그림을 보수하며 가리개를 제거했다고.

어쩐지…… 이상하게 낯설다 했더니. 내가 갖고 있는 미술책에 실 린 도판에서는 아담과 이브의 하체 부위에 둥그렇게 무화과 나뭇잎들 이 둘러져 있었던 것이다.

중세에도 물론 아담과 이브가 나체로 그려진 경우가 없는 건 아니 나, 마싸치오의 이 작품에서처럼 실제 인간의 육체적 특징을 갖춘 누 드라기보다는 종교적 개념의 산물이었다.

고대의 「비너스 상」을 모델로 한 마싸치오의 이브는 르네쌍스 시대 기독교가 취한 현실긍정적 태도의 대표적인 예라 할 수 있다.

또또 따따…… 이딸리아어 액쎈트가 강한 영어로 그녀는 마싸치오에 관한 이야기를 한바탕 쏟아부었다. 내가 잘 못 알아듣겠다는 표정을 짓자 답답하다는 듯이 벌떡 일어나 "이 사람이 마싸치오다"라고 말하며 구석에 그려진 다른 그림을 가리켰다.

심상치 않은 얼굴이었다.

「지방장관 아들의 부활과 주교좌에 앉은 성 베드로」. 화면의 오른쪽

마싸치오, 지방장관 아들의 부활과 주교좌에 앉은 성 베드로(부분), 1424~25년

끝에서 세번째 사람이 화가 자신의 초상이라는데 눈매에 서린 '기'가 가히 하늘을 찌를 듯하다. 그 눈은 어떤 책이나 논문보다도 내게 르네 쌍스의 본질이 무엇인지를 퍼뜩 깨우쳐주었다. 인간과 자연의 발견이라든가 삼차원적 환영의 창조라든가, 하나의 공식으로 줄줄 외웠던 개념들이 어디에서 비롯되었는지를 알게 된 것이다.

남이 보여주는 대로 보지 않고 자신의 두 눈으로 직접 세상을 파악하겠다는 굳은 의지, 창조자로서의 자각, 이제 더이상 길드에 소속된 기술자가 아니라 지식인 예술가라는 자신감——그는 '나는 무엇인가'에 대해 스스로 묻고 대답하는 자이다.

화가가 자신의 초상을 그림 속에 그려넣는 것은 르네쌍스 이후 서양 회화사에서 하나의 전통으로 내려오는, 별 신기할 것도 없는 일이다. 그러나 마싸치오가 활동했던 15세기 초에도 그런 일이 허용(?)된 줄은 몰랐다.

마싸치오는 1401년 또스까나 지방의 발다르노에서 태어났다. 그의 아버지는 지방의 공증인이었고 할아버지는 가구를 만드는 목수였다. 그가 언제부터 그림을 그렸는지는 확실하지 않다. 피렌쩨에 도착한 지 5년도 못 되어 독립된 화가로 길드에 등록한 사실로 미루어 보아 고향에서 도제수업을 받았던 것 같다.

마싸치오에게 가장 큰 영향을 끼친 사람은 피렌쩨 대성당의 돔 (dome)을 설계했던 건축가 브루넬레스꼬(Filippo Brunellesco, 1377~1446)였다. 싼따 마리아 노벨라 성당의 벽에 그려진 「삼위일체」는 브루넬레스꼬가 고안한 기하학적 원근법이 회화평면에 적용된 최초의 완벽한 예이다. 소실점이 하나인 원근법의 원칙에 따라 관람자의 눈 높이에 맞춰진 공간배치가 3차원의 환영을 창조해, 마치 실제의 건

마싸치오, 삼위일체, 1428년

물 앞에 서 있는 듯한 착각이 들게 한다. 결과적으로 그것은 하나의 눈속임에 불과하지만, 거기에 도달하기까지는 과학으로서 탐구되고 실험된 기법이었다.

쌘따 마리아 델 까르미네 교회의 예배당을 장식할 벽화를 주문한 후원자는 당대 피렌쩨에서 위세를 떨치던 브란까치 가문의 펠리스 브란까치였다. 15세기 피렌쩨의 교회들엔 이처럼 특정 가문의 전용 예배당이 딸려 있는 경우가 흔했다.

그림의 주제가 대부분 성 베드로의 생애에서 따온 장면들로 정해진 것은 후원자의 뜻에 따른 것이다. 그의 직업이 바다의 상인이었으므로 예수의 열두 제자 중에서 자신과 동일시할 수 있는 어부 출신의 베드로를 고른 것이다. 현재 브란까치 가족 예배당의 벽과 천장에 칠해진 벽화들은 마싸치오 혼자 그린 게 아니다. 왼쪽 벽은 마싸치오가, 오른쪽 벽과 천장은 그보다 40년이나 연상인 선배화가 마쏠리노가 맡아서 진행한 공동작업이었다. 화면의 통일성을 유지하기 위해 교대로 한 장면씩 그렸다고 한다. 물감도 같은 것을 썼는지, 처음 벽화를 대했을 때 나는 왼쪽과 오른쪽 간에 뚜렷한 양식상의 차이를 못 느꼈다.

왼쪽 벽의 그림들도 마싸치오가 혼자 완성한 것은 아니다. 1425년 마쏠리노가 먼저 일을 그만두고 헝가리로 떠났고, 마싸치오도 곧 브란까치 가족 예배당 작업에서 손을 떼고 다른 주문을 받았다. 작업이 도중에 중단된 이유는 분명히 밝혀지지 않았지만, 후원자의 가세가 기울어 약속한 돈을 지불하지 못했기 때문인 걸로 추정된다. 왼쪽 벽의 윗층에 그려진 그림들과 아래층의 일부만 마싸치오가 그리고 나머지 부분은 후일 필리뽀 리뻬(Filippo Lippi, 1406~69)에 의해 마무리되었다.

늘 로마를 동경했던 마싸치오는 1428년 로마로 갔다. 그런데 도착한 직후에 의문의 죽음을 당하고 만다. 일설에 따르면 그의 천재성을 질투한 동료화가에 의해 독살되었다고 한다. 그의 나이 27세, 아까운 죽음이었다. "오, 얼마나 큰 상실인가." 마싸치오의 부음을 접하고 브루넬레스끼는 이렇게 탄식했다.

자신의 이름을 걸고 그림을 그린 지 겨우 6년 남짓, 그나마 완성된 작품도 드물다. 비록 레오나르도 다빈치나 미껠란젤로 등 전성기 르네쌍스의 거장들이 모두 그를 칭송하고 브란까치 예배당이 뭇 화가들의 산 교육장으로 사랑을 받았지만, 사후에 그는 서서히 잊혀졌다.

이 요절한 천재에 대한 재평가가 이루어진 것은 낭만주의 시대에 이르러 프랑스의 화가 들라크르와(Delacroix)와 소설가 스땅달(Stendhal)에 의해서였다.

명암법, 채색, 원근법, 그리고 표현 등 고대의 유산에 관한 한 남아 있는 게 아무것도 없었으므로, 마싸치오는 혁신자라기보다는 회화의 창조자이다.

—— 스땅달

마싸치오는 그의 인물들을, 몸을 덮는다기보다는 가두는 듯이 보였던 붕대처럼 인체를 꽁꽁 싸맸던 옷주름으로부터 해방시켰다. 그리하여 그 이후론 과거의 무미건조함으로 돌아간다는 게 불가능해졌다.

—— 들라크르와

돌이킬 수 없는 지점을 건넌 사람. 진정한 창조자란 그런 사람이 아닐까. 역사에서의 진보도 이와 비슷하리라. 6월항쟁 이후로 한국에서 꾸데따가 불가능해졌듯이…… 나는 그렇게 믿고 싶다.

마싸치오의 업적 가운데 하나는 그가 소위 보헤미안 예술가의 신화를 창조했다는 데 있다. 게으르기로 악명 높았던 그에 대해 바자리(Giorgio Vasari)는 『미술가 열전』에서 이렇게 말하고 있다.

> 재산이나 세속적인 관심사에는 조그만치도 시간 쓰기를 거부했던 사람이다. 다른 것은 말할 것도 없고 심지어 옷 입는 일에서조차. 용돈이 정말 급하지 않으면, 빌려준 돈을 받을 생각조차 하지 않았다. (…) 그래서 모든 사람들은 그를 본래 이름인 또마쏘(Tommaso) 대신에 마싸치오(Masaccio, '지저분한 녀석'이란 뜻)라고 불렀다.

오백여년이 지난 지금도 그는 미술사에서 '마싸치오'라는 이름으로 언급되고 있다. 자신의 별명을 역사에 남긴 셈이다.

수완 좋은 사업가였던 지오또와 대조적으로 마싸치오는 사는 데 서툰 사람이었다. 어머니와 동생들을 부양해야 했고, 돈을 벌어도 규모있게 쓸 줄을 몰라 늘 생활에 쪼들렸다. 온 정신과 생각이 오로지 그림에만 가 있어 자신과 타인에 대해 무관심했던 마싸치오, 그는 창조하기 위해 태어난 사람이었다.

초기 르네쌍스를 대표하는 화가인 그가 꾸아뜨로첸또(quattrocento, 1400년대)의 첫해에 태어났다는 사실은 매우 시사적이다. 이 무렵 피렌쩨는 밀라노와의 전쟁에서 승리한 뒤에 평화를 되찾고 한창 전성기를 구가했다. 교회와 세습귀족 대신에 돈과 교양으로 무장한 신흥 부르즈와계층이 정권을 잡고, 점차 세력을 확대해가고 있었다. 자유로운 도시의 상공인들이 주도했던 사회경제적 번영은 문화 생산에 새로운 활기를 부여해 다양한 분야에서 재능있는 천재들을 배출한다. 서로가 서로를 능가하려 애쓸 때였다. 다르게 사고하고 행동하는 것이 성공의 지름길이었다. 이 시기에 형성된 개성을 존중하는 분위기는 이후에 이어질 위대한 세기, 전성기 르네쌍스(1500~20년)의 밑거름이 되었다.

레오나르도 다빈치, 미껠란젤로, 라파엘로 ── 이런 쟁쟁한 대가들의 빛에 가려 간과되기 쉽지만, 사실 르네쌍스는 몇몇 천재들에 의해 성취된 혁명이 아니다. 지오또에서 시작되어 마싸치오를 거쳐 전성기의 세 거장에 이르는 공식계보와 별도로 무수한 사람들의 노력과 탐구가 잇달았다. 물감을 다루는 기술과 해부학적 지식의 발전 등 소소한 혁신들이 다리를 놓아 진행된 지루한 진보의 과정이었다. 그 익명의 '쟁이'들이 닦아놓은 길 위에서 거장들은 더 깊이 파고들고 오래 서성였을 따름이다. 끝이 보일 때까지, 자신을 부수고 거듭나기까지, 진정한 재생과 부활(renaissance)을 꿈꾸었던 것이다.

아이의 엉덩이가 토실한 게 탐스러워 꼬집고 싶어졌다. 예배당의 중앙 벽에 그려진 「공동체의 산물을 분배하는 성 베드로와 아나니아의 죽음」. 여인의 팔에 안긴 아가의 엉덩이에 눈인사를 하고 예배당을 나왔다.

입구 서점에서 한참을 망설이다 마싸치오의 화집을 한 권 샀다. 여행중에 짐이 될까봐 책 같은 건 되도록 안 사는 걸 원칙으로 삼았는데 스물일곱살에 요절한 그의 인생에 끌려서, 날 노려보던 그 엄정한 눈빛

마싸치오, 공동체의 산물을 분배하는 성 베드로와 아나니아의 죽음(부분), 1424~25년

에 홀려서 그만 지갑을 열고 말았다.

저녁 일곱시. 밖으로 나오니 사방이 젖고 있었다. 빠리를 떠나 오랜만에 맞는 비였다. 새로 산 책이 젖지 않게 꼬옥 껴안고 빗속을 뛰어갔다. 그날 밤 늦게까지 나는 마싸치오와 대화를 나누었다.

뮌헨

이 여행의 끝에 무엇이 날 기다리고 있을지…… 두려운 마음으로 다시 길을 떠난다. 언제든지 돌아갈 수 있다고, 돌아가 다시 시작할 수 있다고 믿기에는 너무 멀리 와버렸던가.

1996년 6월 22일. 비가 뿌리다 말다 하는 오후였다. 참, 비 한번 간드러지게 오시는군. 이건 우산을 써야 할지 말아야 할지 도무지 감을 잡을 수가 없었다. 도무지 정을 붙이지 못했던 도시라 그런지 하늘의 비조차 맘에 들지 않았다.

암스테르담을 뒤로 하고 쫓기듯 쾰른행 기차에 몸을 실었다.

EC 149 Johannes Vermeer. 열차의 이름이 재미있다. 베르메르라면 네덜란드의 유명한 장르화가(Genre Painter, 풍속·정물화가) 아닌가. 그의 회고전이 헤이그에서 열리고 있다고 전 유럽의 매스컴이 떠들썩했지만 난 아직 가보지 않았다. 부르즈와 가정의 실내 정경, 차갑고 투명한 빛, '베르메르' 하면 떠오르는 이미지들이 별로 내 구미를 당기지 않은 탓이다.

베르메르, 편지, 1666년

유럽의 거의 모든 장거리 열차에는 이처럼 자기네 나라가 자랑하는 예술가들(장군이나 대통령이 아니라) 이름이 붙어 있다. 여행을 시작한 지 근 두 달째 접어들어 몸이 지친만큼 호기심도 사라져, 이젠 어디를 가든 무엇을 보든 다 그게 그저 같아 시큰둥했건만, 때로 아주 사소한 데서 뜻밖의 감동을 먹는다. 그럴 때마다 내가 아직 덜 지쳤나 싶어서 스스로를 위로하곤 했다.

쾰른에서 만하임까지, 그리고 다시 만하임 역에서 이십여분 기다리다 목적지인 뮌헨행 고속열차를 탔다. 과연 독일이 좋긴 좋구나. 여기 저기서 부자 나라 티가 난다. 열차 안에는 비지니스 여행자들을 위한 첨단정보 통신시설이 완비되어 있다. 신용카드로 사용가능한 공중전화, 팩시밀리를 겸한 워드프로쎄서 등등, 이건 아예 달리는 사무실이나 마찬가지였다. 넓직한 좌석 간격, 옷걸이가 달린 붙박이 옷장, 객실의 칸과 칸 사이에 턱이 없어 무거운 가방 끌기가 한결 수월하다.

나는 이 모든 문명의 이기들에 한순간 매료되었다. 예전엔 나와 별 상관이 없다고 애써 무시했던 물질문명의 편리함에 이렇게 쉽게 손을 들다니. 조금 억울했지만 단순히 돈의 힘만이 아닌, 독일인의 철저하다 못해 거의 병적인 질서의식이랄까. 아무튼 뭔가 있는 게 분명하다. 기차 안이 웬만한 호텔방보다 더 편안하니 그동안 쌓인 긴장과 피로가 풀릴 듯하다.

저녁 9시. 바깥은 조금씩 어둠이 깔려가나, 사위를 분간할 만큼의 빛은 남아 있다. 달력에서 본 듯한 말끔히 정돈된 시골풍경이 시야를 빠르게 미끄러졌다.

오전에 급히 들렀다 나온 '렘브란트의 집'에서 얻은 팜플렛을 꺼내 펼쳤다. 열차시간에 늦지 않게 서두르느라 제대로 작품 감상을 못 한 것이다. 그림을 보았다기보다는 캔버스 앞을 지나쳤다는 게 더 정확한 표현이리라. 하긴 이제 그림이라면 물감 냄새만 맡아도 넌더리가 날 만큼 보았다. 예술에 치였다고나 할까. 웬만한 걸작 아니면 아예 눈길도 주지 않았다. 너무도 많은 아름다운 것들을, 너무도 짧은 시간에 눈요기해 치웠으니 체할 만도 하다. 혹사당한 내 눈이 멀기 전에 좀 보호해야겠다 싶어 새로운 도시에 갈 때마다 미술관 순례를 가급적 줄이려 애를 쓰긴 했다. 그러나 그게 영 뜻대로 되지 않는다. 무엇보다도 이방의 도시 한가운데서 딱히 갈 데가 없다는 게 가장 큰 문제였다.

밤늦게 뮌헨 중앙역에 도착했다. 역의 관광안내소에서 지하철 노선도와 시내지도를 겸한 도시안내서 그리고 열차시간표를 가방에 챙겨 넣고 나니 조금 숨을 돌릴 만했다. 낯선 장소에서 생존에 필요한 최소한의 무기를 갖춘 셈이다. 어두운 거리를 헤매다 역에서 십분 정도 떨어진 YMCA 호텔에 방을 구했다. 2인 1실에 화장실은 공동 사용으로 복도 끝에 있다. 용무가 급할 때마다 열쇠를 잠그고 여는 일이 번거롭지만 그런대로 지낼 만하다. 다행히 아무도 오지 않았다. 오랜만에 갖는 나만의 공간이 그렇게 고마울 수가 없다.

6월 23일 일요일. 아침부터 비가 내리다 잠시 그치는가 싶더니, 한차례 소나기가 지나간다. 꼼짝없이 호텔방에 갇혀서 하루를 보냈다. 저녁 무렵 룸메이트가 들어왔다.

프랑스 처녀인데 독일어를 아주 잘했다. 내가 구사할 수 있는 외국어는 영어뿐인데 유감스럽게도 그녀는 영어를 거의 못한다. 우리는 주로 눈짓과 손짓을 사용하다 그것도 안 되면 영어와 독어, 불어를 섞은 국적불명의 언어를 즉시 창조해내어 기본적인 의사소통에 성공했다. 예를 들면 독일어와 영어를 붙여쓰는 식으로. "구테 나잇"(Cute Night) "딥 슐라펜"(Deep Schlafen) (모두 '잘 자라'는 뜻이었다.)

당신은 어디서 왔습니까? 이름이 무엇입니까? 뮌헨엔 무슨 일로 왔나요? 모르는 타인들끼리 만나서 나누는 초보적인 자기 소개가 끝난 뒤에 진짜 대화가 시작되었다.

왜 여행을 하는가가 화제에 올랐다. "인생을 바꾸고 싶어서." "내가 뭘 원하는지를 알고 싶어서." 우리는 각각의 이유를 댔지만, 생각건대 그 두 개가 결국은 같은 말 아닌가. 자기가 진정으로 뭘 원하는지 알면 인생을 바꿀 수도 있을 텐데.

우리는 둘 다 저녁 늦게까지 1층의 전화통에 매달려 있었다. 그녀는 취직자리를 구하느라고, 나는 친구와 접선하느라…… 결과는 둘 다 실패해 참담한 기분으로 포도주를 마시고 밤 열시경 각자 잠자리에 들었다.

6월 24일. 여전히 비가 꾸물댄다. 여행을 시작하고부터 비가 날 따라다니나 싶을 만큼 흐린 날의 연속이다. 이틀씩이나 비싼 숙박료를 지불해가며 이불 밑에서 마냥 뭉그적거리고 있을 수만은 없어서 방을 나섰다. 그런데 가는 날이 장날이라고 월요일엔 뮌헨의 거의 모든 미술관들이 문을 닫는다. 관광안내서에 의하면 문을 여는 곳은 영국정원 입구에 있는 '예술의 집'(Haus der Kunst)뿐이다. 우리나라 식으로 예술의 '전당'이 아니라 예술의 '집'. 단순 소박한 이름이 친근감을 주어 버스를 탔다.

예술의 집에선 마침 러시아 전위미술전(Die russische Avantgarde)이 열리고 있었다. 관람객은 그리 많지 않았다. 며칠 전 암스테르담의 반 고흐 미술관에서 단체관광객들에 치인 뒤라 이곳의 한산함이 적요롭기까지 하다.

말레비치(Kazimir Severinovich Malevich)의 기하학적 추상. 따뜰린(Vladimir Tatlin), 깐딘스끼(Vasilii Kandinskii), 뻬프스너(Antoine

116

말레비치, 검은 원, 1923년

포포바, 연극배우를 위한 노동복, 1921년

Pevsner) 등 소위 러시아 구성주의 작품들. 1910∼30년대에 제작된 회화와 조각뿐 아니라 정치포스터와 의상디자인도 한자리를 차지하고 있다. 물자가 부족했던 시기라 작품 크기도 작다. 공책의 한쪽 면을 찢은 것 같은 낡은 종잇조각에 연필로 스케치를 한 말레비치의 소품은 그 누추함이 안쓰럽다. 아, 그 혁명의 시대에 그들은 과연 무엇을 보았던가. 무엇을 꿈꾸었던가.

이 글을 쓰는 지금 나는 '예술의 집'의 벽과 홀을 장식했던 각기 개성이 다른 작가들이 만든 다양한 작품들의 제목이 잘 기억나지 않는다. 개개의 작품이라기보다는 하나의 전체로 다가왔기 때문이다. 아마도 러시아라는 단어가 주는 무게 탓이었을 게다.

따뜰린, 깐딘스끼 등은 혁명정부의 시각미술분과에 적극적으로 참여해 교육선전 프로그램을 제작하기도 했다. 시대를 앞서간 예술의 전도자였던 그들의 이상은 잠시 실현되는 것처럼 보였다. 그러나 레닌의 죽음에 뒤이어 현대미술을 이해하고 후원하던 문화부장관 루나차르스끼(Anatorii Vasilievich Lunacharskii)의 숙청, 그리고 스딸린의 새로운 경제정책으로 말미암아 예술의 목표는 독트린으로, 선전용 슬로건으로 전락하고 만다. 이후 러시아 전위미술 운동은 커다란 타격을 받는다. 새롭게 대두한 사회주의 리얼리즘은, 적어도 당시 아방가르드의 핵심 구성원들에게는 사회주의를 배반하며 동시에 리얼리즘도 배반하는 것으로 여겨졌다. 결국 깐딘스끼, 뻬쁘스너 등은 고국을 등지고 자발적 망명길에 올라 유럽과 미국으로 뿔뿔이 흩어졌다.

예술과 삶을 일치시키고자 했던 그들의 꿈은 무산됐지만 이후 바우하우스(Bauhaus, 1919년 발터 그로피우스Walter Gropius가 독일의 바이마르에 세운 건축 · 디자인 · 공예를 아우르는 종합예술학교) 등 현대미술 운동을 자극해 건축과 디자인의 일대변혁을 일으켰다. 예술이 대중의 생활 속으로 들어와야 한다는 러시아 아방가르드의 주장은 '기능에 맞는 디자인이 가장 아름답다'는 공예미학으로 이어졌다. 따지고 보면 전후 미국의 추상미술도 러시아 아방가르드의 영향 없이는 개화하지 못했으리라.

격동의 시대를 누구보다 뜨겁고 정직하게 살다 간 사람들…… 그들의 꿈이 무모(?)했던 만큼 그 그림자는 깊고도 넓었던가. 이런 쓸데없는 상념에 빠지는 나 또한 꿈에서 깨어났지만 여전히 꿈을 꾸는 구제불능의 이상주의자인지도 모른다.

전시실을 나와 화장실을 가는 도중에 통로 벽에 걸린 사진작품을 보

카스트너, 풀은 역사 위에 어떻게 자라는가, 1995년 12월

카스트너, 풀은 역사 위에 어떻게 자라는가, 1996년 5월

았다. 11월… 5월, 6월, 계절에 따라 변하는 풀밭의 모습을 찍은 기록 사진 연작인데 제목이 의미심장했다. 「풀은 역사 위에 어떻게 자라는 가」.

1933년 5월 10일 밤 11시 30분. 약 오만여명의 나찌 추종자들이 뮌 헨의 쾨니히 광장(Königsplatz)에 모여 거대한 화형식을 거행했다. 오 늘날 고전박물관 자리 앞의 잔디밭에서 나찌에 의해 퇴폐적이라고 낙 인 찍힌 작가들의 책들이 한데 불살라진 것이다. 그러나 "책이 타는 곳 에서는 사람들도 불태워진다"라고 시인 하이네가 말했듯이 이는 단지 서곡에 지나지 않았다. 1935년 나찌는 화강암 석판들로 왕의 광장에 소위 '영광의 사원'을 세웠고 잇달아 제3제국의 지도하에 40여개의 행 정기관들이 부근에 들어섰다. 뮌헨은 당시 나찌운동의 수도가 된 것이 다. 독일 공포정치의 진원지를 상기시키는 건축물은 오늘날 아무데도 남아 있지 않다…… 1995년 11월 9일 미술가 볼프람 카스트너 (Wolfram Kastner)는 나찌가 책을 태웠던 바로 그 광장에서 사람들에 게 과거를 상기시키기 위해 잔디를 태웠다.

카스트너의 계획은 보수적인 시 당국의 반대 —— 시의 재산인 광장 의 잔디를 함부로 훼손시키면 안 된다는—— 에 부딪쳐 한때 좌초될 위기를 겪었다. 그러나 독일작가동맹, 출판인조합, 서적소매상들 및 교 사들과 학생들의 항의로 시 당국의 승인을 얻기에 이른다.

팜플렛을 읽으며 나는 부끄러운 과거를 일부러 기억하려는 독일 예 술가의 집요함에 가슴이 서늘해졌다. 유럽의 숱한 미술관에서 접한 명 작들이 대부분 그 명성에 눌려 박제된 죽은 시체였다면, 오늘 우연히 마주친 이 사진들은 생생하게 살아 있다. 내 속의 무언가를 건드린다.

살아 있다는 것, 누군가에게 말을 건다는 것.

　6월 25일. 또 호텔을 바꾸어야 했다. 좀 더 묵게 해달라고, 아니면 근처의 유스호스텔이나 싼 호텔을 소개해달라고 프런트의 젊은 남자에게 간곡히 사정을 해도 소용없었다. 눈웃음을 치는 등 평소의 자신답지 않게 갖은 애교를 다 떤 나만 머쓱해졌다. 그는 웃을락말락 입가를 조금 씰룩거리더니 싸늘하게 "NO"라고 한마디 하고는 끝이다. 과연 냉정한 독일인이다. 예약한 손님이 있으니 오늘 아침 열시까지 방을 비워달란다. 유럽에 와서 내게 걸린 숙소치고는 드물게 마음에 드는 곳이었는데, 아쉬웠지만 할 수 없다.

　이런 불상사를 막으려면 관광 성수기인 여름철에는 삼사일 전에 예약을 해놓아야 하는데, 그게 나처럼 준비성 없는 사람에겐 여간 성가신 일이 아니다. 게다가 언제 돌아온다는 기약 없이 떠나 정처없이 움직이다보니, 미리 어떤 약속을 한다는 게 나중엔 다 내게로 와 마음의 짐이 될 터이다.

　하도 자주 숙소를 옮기다보니 이젠 짧은 시간 안에 후다닥 짐을 싸고 푸는 덴 선수가 다 되어 있었다. 아니 이골이 날 지경이다. 내가 이처럼 자주 호텔을 바꾸는 데는 단순히 예약을 안하는 습관 탓만이 아닌, 보다 심오한 이유가 있다. 나는 어느 장소가 마음에 들면 질리도록 오래 머물지만, 마음에 들지 않으면 마땅한 곳을 찾을 때까지 몇번이고 옮기는 편이다. 이는 꼭 고단한 심신을 뉘는 숙소문제만이 아니라 생활의 거의 모든 부분에 걸쳐서 해당되는 얘기이다. 작가라는 직업상 써내야 하는 글만 해도 그렇다. 운이 좋으면 순식간에 원고지를 메우고 다시는 뒤돌아 읽지도 않지만, 어느 대목에서 막히면 구두점 하나하나까지 신경을 써서 고쳐야 직성이 풀린다. 때로 마감시간에 쫓겨 억지로 글을 쥐어짜내야 할 경우엔 분하고 부끄러워서 며칠씩이나 뒷골이 땅긴다. 그리하여 마침내 어느 잠 못 이루는 밤, 벌떡 일어나 책상 앞에 앉아 이미 지면으로 나가 중고품이 된 원고에 손을 대 수리하는 지경에 이르고 만다.

그날 아침 나는 세수도 하지 않은 채 무조건 빨랫감을 메고 세탁소를 찾아나섰다. 동전을 넣고 돌리면 세탁은 물론 삼십분 안에 건조도 되는 기계들을 갖춘 가게들이 유럽 어느 도시를 가든 있게 마련이고 특히 배낭족들이 몰리는 역 주변에서 성업중이다. 거기에 가면 전세계에서 온 여행꾼들이 서로 만나 정보도 교환하고 더러는 여행 파트너도 구하는 것 같았다. 세탁소가 일종의 쌀롱인 셈이다. 불행하게도 내게는 그런 일이 한번도 일어나지 않았지만.

열차시간에 쫓기며 한 도시에서 다른 도시로, 혹은 한 호텔에서 다른 호텔로 이동하는 중에는 세탁소를 찾는 것 자체가 일이고 고생이다. 두 달 전 빠리에서는 동행한 어머니와 함께 영국에서부터 쌓인 빨래 보따리를 짊어지고 한 시간 가량 거리를 헤맨 적도 있었다.

이른 시각이라 거리가 한산했다. 붙잡고 물어볼 사람도 없어 무작정 중앙역 부근의 골목들을 이 잡듯이 뒤지다가 드디어 한군데 문 연 곳을 발견했다. 벽에 걸린 이용안내서를 한참 뚫어지게 쳐다보며 머리를 굴리다 몇번의 시행착오 끝에 겨우 기계를 작동시켰다. 동전을 넣어 일회용 비눗가루를 뽑고 세탁온도를 정하는 등 간단한 장치를 조작하는 데 무려 삼십분 넘게 걸릴 정도로 난 아직 서툴렀다.

이윽고 한숨 돌리고 구석에 있는 의자에 앉아 미리 준비한 마른 빵과 커피로 아침을 때울 즈음, 손님들이 들기 시작했다. 전형적인 장기 배낭족 차림의 날씬한 젊은 여자 한 명이 들어와 커다란 배낭을 내려놓더니 바닥에 내용물을 풀어헤쳤다. 바닥이 더러울 텐데…… 행여

때가 묻을까 빨래 가방을 내려놓지도 못하고 전전긍긍 깔끔 떤 내가 부끄러워졌다. 등산 점퍼, 청바지, 면 셔츠, 양말, 수건, 내의, 세면도구, 책——옷가지와 소지품 일체가 우르르 시멘트 바닥에 쏟아졌다.

가방 안에 들어와 숨쉬던 한 여자의 삶. 그 사람만의 작은 세계. 그녀를 그녀이게 하는, 그녀의 몸에 맞춰진 오랜 생활의 편린들이, 그 속내가, 어쩌면 그 치부도 함께 한순간에 고스란히 파헤쳐지는 것이다.

차근차근 포개져 있던 옷가지들을 몽땅 꺼내어 세탁기에 넣고 버튼을 돌리는 여자의 재빠른 손놀림에서 섣불리 범접할 수 없는 고독과 위엄이 느껴졌다. 아주 오래도록 여자는 그렇게 혼자 세상을 떠돌며 더러워진 옷가지들을 빨았으리라. 그녀는 거의 빈 껍데기만 남은 배낭을 흔들어 털더니 이번엔 자기가 입고 있던 집시 스커트를 훌라당 벗어서는 마저 세탁기에 쑤셔넣었다. 여자의 하얀 다리가, 눈부신 속살이 드러났다.

그만 낯이 뜨거워진 나는 고개를 돌릴 수밖에 없었다. 나도 한국에선 좀 튀는 여자라는 말을 들었지만, 그래도 감히 남이 보는 앞에서 옷을 갈아입는다는 건 상상할 수도 없는 일이었다. 나 같으면 화장실이나 뭐 그 비슷한 데 들어갔을 텐데…… 평소 낯이 두꺼워 웬만한 일에는 꿈쩍도 않던 내가 그렇게 당황한 것은 아마도 문화적 충격을 받아서였을 것이다.

그놈의 문화란 게 뭔지. 옷 입고 벗는 법에서까지 자기를 주장하고 드러낸다. 아직도 내가 놀라야 할 일들이 여정의 군데군데 잠복해 있을 생각을 하니 새삼 여행을 계속할 힘이 솟는다. 이른 아침의 세탁소에서 잠깐 마주친 그녀와 나는 뜻 모를 미소만을 나눈 채 각자 짐을 싸들고 헤어졌다.

중앙역에서 지하철을 타고 쾨니히 광장에 내렸다. 과연 어제 사진에서 본 대로 푸른 잔디밭 한가운데 둥그렇게 불에 탄 흔적이 남아 있다. 짧게 다듬어진 부근의 잔디와 달리 이 부근의 풀들은 키가 들쑥날쑥하고 거뭇거뭇한 재가 군데군데 박여 있다. 그리고 누가 심었을까. 시커멓게 그을린 화형의 잔해를 비웃기라도 하듯 노랗게 물오른 민들레 꽃잎들이 바람에 몸을 뒤척인다. 나는 잔디밭에 털썩 주저앉아 담배를 꺼내 물었다.

흐리고 텅 빈 6월의 하늘. 어제 읽은 도록의 마지막 문장이 생각났다. "역사와 기억을 딛고 잔디가 어떻게 자라는지 우리는 지켜볼 것이다." 그래, 누군가는 지켜보리라. 역사의 땀과 피, 모순을 먹고 자라는 새싹 위로 햇살이 잠시 반짝였다.

6월의 어느 흐린 아침에 찾아갔던 렌바흐 하우스(Lenbach-haus)는 고즈넉했다. 개인의 저택을 개조한 미술관으로 그리 크지는 않지만 정원도 딸려 있고 곳곳에 세월과 사람의 때가 묻어 아련한 향수를 자아낸다. 여기에는 주로 청기사파(Der Blaue Reiter, 1911~12년에 독일 뮌헨에서 결성된 표현주의 화가들의 모임)의 작품들이 소장되어 있다.

미술관이 작다고 무시하면 큰코 다친다. 2층에 전시된 작품들에 대충 눈만 맞추는 식으로 훑는 데도 시간이 꽤 걸려 시계를 보니 점심때가 훨씬 지났다. 구경하는 재미에 깜박했지만 그제야 배가 고프다는 걸 깨달았다. 그렇지 않아도 아침을 부실하게 때워서 배꼽시계가 아까부터 음식을 넣어달라는 신호를 보냈는데 무시하고 강행군한 게 후회된다. 구내 까페에서 홍차 한 잔에 케익 한 조각으로 허기를 겨우 면하고 다시 전시실을 돌았다.

깐딘스끼의 연인이었던 가브리엘레 뮌터(Gabriele Münter,

1877~1962)의 소품 한 점이 오래도록 시선을 끌었다. 말하자면 하나 건진 셈이다. 내겐 아무런 의미도 없었던 그 많은 걸작들의 숲에서 하나의 그림이 말을 걸어온 것이다. 「듣기」(1909년)라는 이름이 붙은, 깐딘스끼 커플과 친하게 지냈던 동료화가 야블렌스끼(Alexei von Jawlensky, 1864~1941)의 초상이다.

모스끄바 대학 법학부 교수 출신의 깐딘스끼와, 음악가에서 화가로 변신한 클레(Paul Klee)에 비해 지적인 훈련을 덜 받았던 군인 출신의 야블렌스끼. 이 세 사람이 어느날 한자리에 모여 식사를 했다고 한다. 자, 과연 무슨 일이 일어날 것인가.

유명한 달변으로 예술에 관한 토론을 즐기던 깐딘스끼와 클레. 이 둘의 대화를 이해하지 못하는 야블렌스끼는 고개를 갸우뚱하며 당혹스러운 표정으로 식탁에 앉아 있다.

가브리엘레 뮌터, 듣기, 1909년

물론 화면에 깐딘스끼와 클레의 모습은 보이지 않는다. 다만 그림의 제목 「듣기」로 유추해 짐작될 뿐이다. 무언가를 듣는 행위란 말하는 주체와 그 말에 귀를 기울이는 대상이 있어야 가능하니까. 왼쪽의 접시에 담긴 쏘시지의 곡선이 그의 목에서부터 배로 이어지는 선과 조응하는 게 재미있다. 그 자리에서 벌어지는 일을 알 턱이 없는 무심한 쏘시지도 자기 주인을 따라 비스듬히 몸을 비틀고 있는 꼴이다.

식탁에서 오가는 논쟁에 참여하지 못한 채 소외된 주인공을 화면의 오른쪽 구석으로 몰아 배치한 것은 일종의 심리적 원근법에 해당된다. 그래서 생긴 그림의 깊이는 풍자의 깊이이다. 만찬의 여주인이었을 뮌터는 '말하는' 쪽이었을까. 아니면 그림의 주인공처럼 잠자코 '듣는' 쪽이었을까. 그녀는 난해한 토론으로 상대의 기를 죽이고 난처하게 만드는 깐딘스끼를 비판하려 했던 것인가. 아니면 그저 있는 그대로의 만찬 현장을 보여주려 했나. 그림을 보는 우리도 고개를 갸우뚱하게 된다.

여성화가의 예민한 관찰력과 따뜻한 유머감각이 돋보이는 작품이다. 그러나 나는 그녀처럼 마냥 웃고 있을 수만은 없었다.

80년대에 잠시 재야단체에서 일했던 나는, 그 무렵 지겹도록 잦던 회의석상에서, 이 그림에서처럼 한쪽으로 비껴나 있던 사람들을 많이 알고 있다. 그들 중 대부분은 지금 이름도 잊었지만 그 눈빛, 그 표정만은 내게 깊이 각인되어 있다. 그 간절하면서도 성난 듯한 눈동자의 번쩍임을…… 나는 기억한다. 그들은 지금 어디서 무엇을 하고 있을까. 새삼 그때 그 시절이 아득하게 떠올라 나를 더듬거리게 만든다.

깐딘스끼, 클레, 뮌터, 야블렌스끼 등이 활약한 20세기 벽두에 뮌헨은 빠리에 버금 가는 국제미술의 중심지로서 황금시대를 구가했다. 유럽 각지에서 모여든 예술가들이 지금의 슈바빙(Schwabing) 지구에 정착하여, 한때 작은 마을에 불과했던 이곳을 일약 지적이며 창조적인 삶의 중심지로 바꾸어놓았다. 당시 뮌헨에서 살았던 유명인으로는 러시아에서 망명한 사람들이 많았다. 현대미술의 개척자인 깐딘스끼 그리고 혁명가 레닌. 오스트리아 출신의 미술학도였던 히틀러가 시험에 낙방한 뒤 빈을 떠나 정치가로서의 야심을 키운 것도 이곳에서였다.

'이자르(Isar) 강변의 아테네' '독일의 로마'. 바바리아 왕국의 수도였던 뮌헨에 붙어다니는 수식어들은 현란하다. 알프스에서 불어오는 따뜻한 푄(Föhn)바람이 우울하고 어두운 북부 독일과 달리 여기 사람들의 낙천적인 남부 기질을 부추겼다는데, 이처럼 개방적인 도시가 나찌의 거점이었다는 게 처음엔 잘 믿어지지 않았다. 그 열광 잘하는 성격이 이딸리아에서처럼 역설적으로 어떤 종류의 비합리성을 허용했는지도 모른다.

기후와 인간의 상관관계는 흥미롭다. 지중해와 알프스. 통일이 늦었던 두 나라인 이딸리아와 독일. 파시즘과 나찌즘. 뮌헨에 머무는 동안 이성적인가 하면 어느새 격정을 드러내는 사람들의 도무지 종잡을 수 없는 기질에 당혹스러운 적이 많았다. 그때마다 내 머릿속에선 이처럼 얽히고 설킨 대립항들이 의미를 찾아 헤매며 춤을 추었다. 아, 그러나 이런 단순 소박한 논리로 대충 때려잡아 이해하기엔 역사는 얼마나 냉혹한가. 세상이란 얼마나 복잡한가. 인간이란 얼마나 깊은 것인가.

렌바흐 하우스를 나와 부근의 다른 미술관들을 찾아나섰다. 쾨니히 광장 주변은 영국정원과 마찬가지로 각종 문화시설들이 모여 있다. 이 도시에 도착한 직후부터 항상 주머니에 넣고 다니며 펼쳐보아 가장자리가 다 해진 시내 지도를 보니, 걸어서 약 십분 거리에 알테 피나코테크(Alte Pinakothek)와 노이에 피나코테크(Neue Pinakothek)가 서로 마주보고 있다. 우리말로 번역하면 '옛 미술관'과 '새 미술관'에 해당된다.

알테 피나코테크는 내부보수 관계로 폐쇄된 상태였다. 낭패감에 어찌할 바 모르고 미술관 건물 앞에 서 있는데 지나가는 중년 부인이 다가오더니 영어로 말을 건넨다. 옛 미술관의 소장품 중 걸작들만 길 건너에 위치한 새 미술관에 이전되어 전시중이라 가르쳐준다. 그녀의 영어가 너무 빠르고 유창해 못 알아들은 내가 길 건너 어디냐고 묻자 친절하게도 그 앞까지 길 안내를 해주는 게 아닌가! 고마워서 내가 가장 자신있게 발음할 수 있는 독일어인 "당케"(Danke)를 연발했다. 좀 과장해서 말한다면, 인간에 대한 신뢰가 다시 생겼다.

여행중에 마주치는 뜻밖의 사소한 친절과 사소한 냉담함에도 여행자는 평소와 달리 격렬하게 반응하는 법이다. 의지할 데 없는 낯선 거리에서 그는 약자일 수밖에 없다. 어떤 경우엔 거의 동물적인 생존본능에 의존해 삶을 이어나가야 하므로.

노이에 피나코테크는 런던의 켄우드 하우스와 더불어 유럽에서 내가 가장 즐기며 관람한 미술관 가운데 하나이다. 전시실 바닥이 진짜 나무로 되어 있어 고향에 온 듯 심신이 편안했다.

르네쌍스에서 바로끄까지 왜 이리 '십자가에서 내려지는 예수'가 많은지. 봇띠첼리(Sandro Botticelli), 반데르 바이덴(Rogier van der Weyden) 등 한 방에도 몇점씩 걸려 있다. '수태고지(受胎告知)'는 또 얼마나 흔한가. 미술사에서 같은 주제의 반복은 피할 수 없는 것인지도 모른다. 동양의 수묵산수화를 생각해보라. 얼마나 많은 산들이 검정 먹과 물의 변주만으로 그려졌는지. 그러나 실재와 마찬가지로 그림 속에

뒤러, 자화상, 1500년

서도 똑같은 산은 하나도 없다. 이것은 서로 다른 양식이 나온 수수께끼이며, 서로 다른 인간 영혼의 수수께끼이기도 하다.

브뤼겔과 더불어 북유럽의 르네쌍스가 낳은 가장 위대한 화가로 칭송되며 '독일의 레오나르도 다빈치'라 불리는 뒤러(Albrecht Dürer, 1471~1528)의 작품들을 제목만 확인하고 지나쳤다. 정확한 원근법과 인체비례를 구사한 그림들은 자꾸 보면 사람을 질리게 한다. 예술이라기보단 과학에 가깝다고나 할까? 게다가 내 머릿속엔 이미 여행을 떠날 때부터 렘브란트가 안방을 차지하고 앉아 있었으므로 웬만한 것들은 다 시시해 보였다. 렘브란트의 생동감 넘치는 자화상에 비하면 뒤러의 「자화상」(1500년)은 얼마나 뻣뻣하고 평범해 보이는지. 어떤 도식에 끼워맞춘 듯한 인상을 주는 것은 100년이 넘게 차이 나는 제작연대를 감안하면 이해할 법도 하다.

뒤늦게 카탈로그를 읽고서 뒤러를 다시 보게 되었다. 그림에서 그는 엄격한 정면자세를 취하고 있다. 이는 당대 회화의 관습에 비추어볼 때 조금 이례적인 일이다. 그때까지만 해도 완벽한 정면상은 예수 그리스도를 그릴 때나 채택했고, 보통 사람의 초상은 3/4 프로필로 하는 게 관례였다.

그 얼굴에서 풍기는 도도한 자존심이 예사롭지 않다. 그러나 그가 자신을 예수와 감히 동일시했던 것은 아니다. 예술가의 창조력은 신의 창조력에서 유래한다는 자신의 신념을 밝히고자 했을 따름이다.

이딸리아 여행 뒤에 그려진 이 자화상엔 뉘른베르크의 금 세공사의 아들로 태어난 뒤러가 자신의 정체성에 대해 고뇌했던 흔적이 투영되어 있다. 독일에선 15세기가 끝날 무렵까지도 화가의 지위는 미천한 것이었다. 손으로 일하는 직업을 천하게 여기던 중세의 관습을 벗어나지 못한 고향을 떠나 그는 베네찌아로 갔다. 거기에서 완전히 딴 세계에 접한 그는 길드에 소속된 장인과 지식인 예술가 사이에서, 중세와 르네쌍스 사이에서 분열된 자신을 이렇게 한탄했다고 한다. "이곳에서 나는 신사이지만, 고향에서 나는 기생충이다."

맛있는 음식들이 지붕 위에 가득 널려 있고 포식한 세 명의 남자가 늘어지게 누워 자는 한가로운 모습. 피터 브뤼겔의 「꿈나라 동산」(1566년)이다. 동화책의 삽화 같은 그림 속에는 재미있는 이야기가 숨어 있을 법한데, 가만히 들여다보니 오른쪽에 누운 남자의 바지춤이 벌어져 있는 게 아닌가. 너무 배 터지게 먹은 탓에 허리가 잠기지 않은 것이다. 사타구니 가리개가 벌어진 틈으로 혹시…… 아무래도 긴가민가하여 그 부위만 뚫어지게 쳐다보았다. 혼자서 빙그레, 캔버스 앞에서 웃었다. '꿈나라 동산'이 어린아이의 동화에서 성인만화로 건너뛰는 순간이다.

대식가와 게으름뱅이들을 위한 지상낙원을 묘사한 이 작품의 실제

의도는 과식과 게으름에 대한 비판이라는데, 아무러면 어떤가. 내가 아주 어렸을 적에 어디선가 이 그림을 처음 보았을 때의 기억이 새롭다. 그림 속의 과자 접시들은 얼마나 신기하고 맛있어 보였던지. 난 그 음식들을 배불리 먹을 수 있는 아저씨들이 부러워 군침을 흘렸었다.

전시실 하나를 완전히 차지하다시피 한 루벤스(Peter Paul Rubens)의 거대한 캔버스들 앞에 서자 탄식이 절로 나왔다. '거 참, 비싼 화폭에 엄청나게도 물감을 싸질렀군.' 제작된 지 삼백여년의 세월이 지났건만 루벤스의 유화는 번지르르, 부티가 났다.

기름이 낭자하게 흐르는 루벤스를 지나 렘브란트를 보아야 하는 이 기막힘, 아이러니라니. 전자와는 비교도 안 될 만큼 작고 어두운 캔버스들이 바로 옆에 걸려 있다. 그 특유의 명암대조 때문일까? 그의 그림들은 크기는 작지만 한번 눈길만 스쳐도 관람객을 빨아들인다. 어둠속

브뤼겔, 꿈나라 동산, 1566년

루벤스, 레우낍뽀스 딸들의 약탈, 1617~18년

에서 떠오르는 한줄기 빛은 주위에 걸린 다른 그림들을 단숨에 잡아먹을 만큼 강렬하다.

거의 동시대를 살았던 루벤스와 렘브란트는 미술사에서 자주 비교되는 숙명의 라이벌이다.

17세기 북해 연안의 저지(低地)국가들(현재 베네룩스 3국)은 에스빠냐로부터 독립한 북부의 네덜란드연방국과, 아직도 에스빠냐의 영향권 아래 있는 남부의 플랑드르로 나뉘어져 있었다. 깔뱅 계통의 신교도가 우세했던 북부와 가톨릭의 남부는 종교뿐만 아니라 사회, 경제, 문

렘브란트, 뮌헨 자화상, 1629년

화 예술 면에서도 서로 상이한 방향으로 발전해갔다.

 루벤스가 가톨릭 진영의 성공한 화가이자 외교관으로 유럽의 왕실
들을 제집처럼 드나드는 영광을 누렸다면, 렘브란트는 평생 네덜란드
바깥으로 나가보지도 못했던 '촌놈'이었다.

 「뮌헨 자화상」에서 만나는 렘브란트는 아직 젊다. 그의 나이 23세,
고뇌도 상처도 시퍼럴 때다. 이 작품이 제작된 1629년에 그는 첫 제자
를 두는 등 한창 의욕적으로 작업을 시작하고 있었다.

 그림에선 보이지 않지만 아마도 그의 작업실에, 아니면 그의 인생에

바람이 불었던 것 같다. 흐트러진 머리카락들…… 무언가에 놀란 듯, 어떤 말을 하려는 듯 입을 벌리고 있다. 그러나 아주 조금 흔들렸을 뿐이다. 머리카락이 완전히 바람에 휘날리는 것도 아니요, 공포로 입이 찢어진 것도 아니다. 살짝 옆으로 튼 몸의 자세와 표정에서 느껴지는 감수성은 예민하나 들뜬 신경질은 아니다.

런던에서, 쾰른에서, 암스테르담에서 그의 자화상들을 어지간히도 많이 대했지만, 볼 때마다 늘 다른 느낌을 준다.

평온하게 가라앉았다가도 문득 들끓고, 웃다가 다시 분노하고, 상처받는가 하면 곧 냉소한다. 놀람과 두려움의 차이를, 자포자기와 견인의 미세하고도 심오한 차이를 그보다 더 잘 표현해낸 화가는 이전에도 없었고, 이후에도 없으리라.

끊임없이 변화하는 인간의 표정을 한순간에 포착한 그의 초상은 언제 보아도 신선하고 현대적이다. 조금치의 감상도 허용하지 않고 자신을 직시하는 렘브란트 그 끔찍한 자의식은 거의 19세기의 보들레르 수준이다.

나의 신이여, 내가 형편없는 인간이 아니며 내가 경멸하는 자들보다 못하지 않다는 것을 나 자신에게 증명해줄 아름다운 시 몇편을 쓰도록 은총을 내려주소서.
—— 보들레르, 『빠리의 우울』

그래, 바로 이거다. 뒤러가 세상에 대해 그토록 간절히 자신을 증명하고 싶어했다면, 렘브란트와 보들레르는 오로지 자기 자신에게만 자신을 증명하고 싶어했을 뿐이다. 뒤러와 렘브란트의 차이는 두 개의 자의식, 르네쌍스적 인간과 바로끄적 인간의 차이인 것이다.

위대한 화가이기 이전에 한 사람의 진정한 인간이었던 렘브란트 그

렘브란트, 외치는 듯 입을 벌린 자화상(동판화), 1630년

렘브란트, 눈살을 찌푸린 자화상(동판화), 1630년

렘브란트, 웃는 자화상(동판화), 1630년

렘브란트, 눈을 크게 뜬 자화상(동판화), 1630년

렘브란트, 사도 바울로 분장한 자화상, 1661년

의 얼굴을 가까이서 알현한 것만으로도 그날 하루는 무거웠다.

6월 26일. 호텔식당에서 아침을 먹고 있는데 웬 독일 남자가 다가오더니 소포 꾸러미를 전해준다. 이상하다? 내가 여기 묵는다는 걸 알 사람이 없을 텐데. 포장을 끌렀더니 슬라이드 필름과 사진집 두 권, 그리고 독일에서 발행되는 신문과 잡지들의 기사 스크랩이 들어 있다. 나는 좀 횡재한 기분이었다. 어제 '예술의 집'에서 「역사 위에 풀은 어떻게 자라는가」를 본 뒤 뮌헨의 '예술연구소'에 전화를 걸어 작품 사진 한 장을 요청했을 뿐인데, 엄청난 자료 보따리가 인편으로 배달된 것이다. 얘기를 꺼낸 지 만 하루도 채 안 되었는데 말이다. 나는 사진작가인 볼프람 카스트너를 만난 적이 없을 뿐더러 뮌헨에서 한국인이든 독일인이든 아무하고도 개인적으로 접촉한 일이 없었다. 따라서 나에 대한 정보가 전혀 없었을 텐데 어떻게 사람을 믿고 귀중한 자료들을, 그것도 공짜로 그냥 주다니. 카스트너씨는 동봉한 작은 카드에다 단지 이렇게 썼을 뿐이다.

제 작품에 관심을 가져주어서 고맙습니다.

한국에선 이런 경우에 필요한 정보를 얻으려면 먼저 인간관계부터 맺어야 한다. 그전에 한번 만나서 술이라도 마신 사이가 아니면 말을 꺼내기가 쉽지 않다. 하물며 뮌헨의 예술연구소가 내게 보여준 신속함과 정확성은 아예 기대하기 힘든 게 우리의 현실이다.

오후에는 또 간간이 비가 뿌렸다. 날씨가 나쁘면 돌아다니기가 불편하니 미술관밖에는 딱히 시간을 보낼 데가 없다. 처음엔 어디를 찾아나서려면 주로 지도와 안내책자에 의지하다 나중엔 순전히 '감'과 '깡'으로 버티었다. 마치 무슨 암호문처럼 꼬불꼬불 해독하기 힘든 지도보다는 사람들에게 묻는 편이 더 빠르므로. 거리에서 아무나 붙잡고 물어 물어 국립현대미술관(Staatsgalerie moderner Kunst)을 찾아갔다.

키르히너, 써커스의 여자 곡마사, 1912년

담쟁이로 덮힌 아담한 이층건물이었다. 여기는 내가 여태까지 방문한 뮌헨의 미술관들 가운데 가장 독일적인 냄새가 물씬 풍기는 곳이다. 키르히너(Ernst Ludwig Kirchner), 에밀 놀데(Emil Nolde), 막스 베크만(Max Beckmann) 등 소위 다리파(Die Brücke, 1905~6년 독일 드레스덴에서 결성된 표현주의 미술가들의 모임)와 관련된 사람들의 작품이 모여 있다.

'다리'라는 이름은 니체의 『짜라투스트라는 이렇게 말했다』에서 따온 문구이다. 인간을 그 자체의 목적으로서가 아니라 더 나은 행복한 미래를 위한 '다리'로 본다는 뜻에서 이런 이름이 나왔다고 한다. 그 취지에 공감한 젊은 화가들은 미술을 인간들 사이에 가능한 상호소통의 수단으로 이용하고자 했다. 이들과 비슷한 꿈을 가졌던 반 고흐처럼 다리파도 뜻이 통하는 예술가 동지들과 공동체를 이루어 함께 살며 작업하기를 시도했다. 그러나 반 고흐의 경우처럼 이들의 원대한 계획은 얼마 못 가 무산되고 만다.

산업도시에서의 야만스러운 일상을 주제로 한 이들의 캔버스는 심하게 왜곡된 형태들과 비자연적인 색채들이 특징적이다. 공간 콤플렉스에 걸린 듯 여백 없이 형체들로 빼곡한 화면이 답답한 느낌을 준다. 특히 다리파의 대표 주자인 키르히너의 뾰쪽뾰쪽 각진 선은 송곳처럼 관객의 눈을 찌른다.

피곤하다. 나는 자꾸 시선을 딴 데로 돌리고 싶었다. 맞닿은 색과 색이 조화를 이루는 게 아니라 서로가 서로를 튀게 해, 보는 이를 극도로 불안하게 만든다. 유토피아를 꿈꾸었던 이들의 작품에서 조화보다는 부조화가, 불협화음이 더 지배적인 것은 어떻게 이해하면 좋을지. 이들이 주로 활동했던 연대를 보면 답이 나올 듯하다. 1910~30년대. 서양 현대사에서 1차대전, 러시아 혁명, 대공황으로 이어지는 이른바 고뇌의 시대에 나온 작품들이니 그럴 수밖에 없다. 격동의 현장을 사는 사람들에게 그림으로 다리를 놓고자 했던 그들은 최소한 정직했다.

다리파 전시실을 나와 2차대전 이후 미국 화가들의 작품이 소장된 방에 들어서면 우선 그 스케일에 압도당하게 된다. 프랭크 스텔라(Frank Stella)와 로버트 마더웰(Robert Motherwell). 이 전후 추상미술계의 테러리스트들은 크기로 승부하려 했던 걸까? 나는 평소 기교에 집착하거나 크기만으로 승부를 걸려는 예술을 좋아하지 않는다. 그런데 런던의 테이트 갤러리에서 본 마크 로스코의 그림은 왠지 마음을 끌었다. 그래서 나의 편견을 수정하기로 했다. 미국처럼 땅덩이가 넓은 나라에서 살다 보면 그런 무지막지한 작품도 나올 법하다고.

「에스빠냐공화국에 바치는 비가」는 마더웰이 몇십년간 되풀이해서 그려온 주제이다. 가까이서 보니 흰색과 검정의 대조가 아프도록 눈부시다. 로스코처럼 마더웰의 색채추상도 관객에게 절절한 정서적 반응을 일으킨다. 그 비밀은 아마도 여러 겹 덧칠한 물감의 층에서 찾을 수 있을 것이다. 오로지 선과 색채로만 남기를 고집하는 스텔라의 딱딱한 형식주의에 비하면 마더웰의 캔버스는 어느정도 감상을 허용하는 세계이다.

나는 그 추상적인 감상 속으로 기꺼이 빠져들었다. 하양을 파먹은 검정, 어둠과 낮의 싸움, 대낮의 죽음, 에스빠냐 시인 로르까……

밖으로 나오자 해가 반짝 났다. 현대미술의 어두컴컴한 상상력의 창고에 갇혀 있다가 대낮의 햇살 아래 서 있으려니 조금 어지러웠다. 한참을 그 자리에 서서 시원한 공기를 굶주린 듯 가슴 뻐근하게 들이마셨다.

국립현대미술관을 등지고 왼쪽으로 이백 미터쯤 걸어가면 다리가 하나 나오는데, 그 뒤가 바로 유명한 영국정원 입구이다. 뮌헨을 대표하는 공원에 왜 그런 엉뚱한 이국적인 이름이 붙여졌는지 모르겠다. 추측컨대 프랑스의 경우처럼 기하학적으로 조성된 게 아니라 영국식으로 자연스런 맛을 살린 공원이란 뜻인 것 같다.

숲을 향해 발길을 옮겼다. 그사이 비가 꽤 왔는지 땅이 젖어 있다. 이윽고 다리 앞에 이르자 물 흐르는 소리가 꼭 한국의 장마철에 범람한 강처럼 제법 크게 울렸다. 뮌헨 시 외곽을 가로지르는 이자르 강은 그리 큰 강은 아니다. 유럽의 다른 도시의 강들과 마찬가지로 폭이 좁아서 우리 기준으로 보자면 강이라기보단 개울에 가깝다. 그래서 그만속으로 무시했던 모양인데, 다리 위에서 내려다보니 물살이 급류를 이

마더웰, 에스빠냐공화국에 바치는 비가, 1975년

루며 빠른 속도로 지나가고 있다. 며칠째 감질나게 뿌리던 빗방울이 모여 어느새 이처럼 도도한 흐름을 이루다니.

울창한 숲의 입구에 멈추어 서서 나는 망설였다. 이 길로 계속 걸어 들어가면 거대한 정원이 나오리라는 걸 나는 안다. 우거진 녹음의 한가운데 호숫가에서 이름 모를 물고기들이 한가로이 노닐고 있을 것이다. 그 비밀의 화원에서 어쩌면 나그네는 잊을 수 없는 추억 하나쯤 낚을지도 모른다. 하지만, 하지만 피곤한 나는 아쉬운 대로 이쯤에서 멈추기로 했다. 언젠가 다시 찾기 위하여…… 발길을 되돌렸다.

그때였다. 머리 위 어디선가 후두둑, 물방울 하나가 떨어졌다. 아마도 나뭇가지 끝에 걸려 미처 지상으로 추락하지 못한 빗방울이었으리라. 차가운 액체가 이마를 타고 흘러 뺨에 닿는 걸 느끼는 순간, 혼곤한 감상에 잠겨 있던 나는 소스라쳐 깨어났다. 상쾌하면서도 찌르는 듯한 전율이 온몸으로 전달됐다. 언제 뿌려진 비였을까? 어제 내린 비였나. 한 시간 전, 아니면 방금 내려온 싱싱한 것이었나. 조금 전까지도 산 가지에 얹혀 숨쉬던 물방울은 내 뜨거운 이마에 와닿아, 과거로 증발해버릴 것이다.

나는 살아 있다는 것, 살아서 과거의 비를 맞는다는 사실에 아찔한 현기증을 느꼈다. 비틀거렸다.

이 글을 쓰는 지금 나는 빈다. 그날 그 뮌헨의 숲에서 날 소스라치게 했던 빗방울처럼 나 또한 누군가의 현재에 툭, 내려앉기를. 어느날 문득 기억의 숲에서 솟아올라 그를 깨우기를……

마리엔 광장(Marienplatz)은 옛 시가지의 중심지로 뮌헨에서 가장 활기차고 번화한 거리이다. 오후에 관광객과 행인들로 북적대는 이곳을 기웃거리다 이상한 집회를 목격했다. 한 스무 명 남짓한, 제복을 입은 성인 남녀들이 마이크를 잡고 뭐라고 큰 소리로 떠들고 그 주위를 일반시민들이 웅성거리며 둘러싼 채 구경하고 있다. 옆에 마련된 임시 단상엔 밴드까지 동원되었다. 이제까지 유럽을 다니며 마주친 대부분의 가두집회가 그랬듯이 주최측이나 구경꾼들의 모습에선 한국과 같이 팽팽히 대치하는 긴장감이란 찾아볼 수 없다. 대신 영문 모를 흥겨운 잔치 분위기가 광장을 지배하고 있었다.

대체 무슨 일일까? 옆에 서 있던 젊은 여자에게 물어보았으나 그녀 역시 관광객이라 모르겠다며 웃는다. 깨금발을 하고 목을 길게 뺀 채 앞을 주시했으나 주최측이 내건 조그만 현수막 하나 보이지 않았다. 기어이 사람들을 비집고 나가서 제복을 입은 여자에게 몇마디 건네고 나서야 사태를 파악할 수 있었다. 그녀가 건네준 홍보용 전단엔 이런 말들이 적혀 있었다.

"우리는 당신들이 보다 안전하게 살기를 원한다."
"당신은 당신의 이웃을 아는가? 이웃이 이웃을 돕는다."

맙소사. 뮌헨 시 경찰의 가두캠페인이었던 것이다. 경찰이 데모하고 시민이 구경하는 모습이란 내겐 너무도 낯선 풍경이다. 처음엔 도저히 이해할 수 없어 웃음이 나왔다. 여기 경찰은 저렇게도 할 일이 없나? 시민의 안전을 염려하는 경찰의 자발적인 집회라니. 다시금 그들, 유럽의 발달된 시민사회를 생각해보지 않을 수 없었다. 딱딱한 줄만 알았던 독일인들조차 가끔씩 이런 귀여운 애교를 피우는데, 하물며 다른 나라들은 어떨 것인가. 그들의 그 느긋함, 여유가 정말 부럽다.

뮌헨에서 내가 부담없이 즐긴 음식 중의 하나가 케밥(Kebab)이다.

둥글넓적하고 딱딱한 빵을 반으로 갈라 그 사이에 양고기를 구워 가늘게 썬 것에 마늘, 양파, 토마토 쏘스, 후추 등의 갖은 양념을 해 버무린 '속'을 집어넣은 일종의 즉석 쌘드위치라 할 수 있다. 그러나 맛은 미국식 쌘드위치나 햄버거와 비교할 수 없을 만큼 좋고, 무엇보다도 우리 한국사람의 입맛에 맞는다. 직접 그 자리에서 고기를 구운데다 마늘 양념이 스며들어 케밥 특유의 깊고도 오묘한 맛을 내는 것 같다.

니스에서 우연히 처음 먹어보고 맛이 괜찮아 그 이름을 기억하고 있었는데 뮌헨에 와 보니 골목마다 케밥집들이 깔려 있다. 내가 묵었던 호텔에서 역까지 가는 길에만 서너 집이 있을 정도였으니까. 값이 싸고 양도 푸짐하기 때문에 점심때면 케밥을 찾는 외국인 노동자들로 붐벼 자리를 찾기 힘들다.

도대체 어느 나라에서 온 음식인가? 물어보면 사람마다 말이 다르다. 터키 사람들은 터키 음식이라 우기고, 그리스 사람들은 그리스 음식이라 주장한다. '유럽의 화약고'인 발칸반도의 터키와 그리스. 두 나라는 전쟁만 하는 줄 알았더니 음식을 갖고도 이렇게 싸운다.

"내가 1마르크짜리 인간인가?"

환전수수료가 싼 데를 찾으려고 가방을 끌고 이리저리 헤맨 뒤에 내 입에서 튀어나온 말이다. 뮌헨에서의 마지막 날이었다. 역에 딸린 은행에서 200마르크짜리 여행자수표를 바꾸려는데 수수료를 7마르크나 받는다는 말에 놀라 건너편에 있는 우체국으로 갔다. 그런데 거기서도 6마르크의 수수료를 요구하는 게 아닌가. 기가 막혔다. 겨우 1마르크 아끼려고 무거운 짐 들고 계단을 오르내리다니. 아, 어떻게든 벗어나지 못하는 이 촌티, 궁색함이여! 앞으로 내가 나를 좀 잘 대접해주어야겠다고 다짐했다.

뮌헨에서 프라하로 가는 기차 식당칸에서 맥주 한 병을 시켜놓고 근사하게 취했다. 한 모금 두 모금 들이켜며 밑도 끝도 없는 잡념에 빠지는 바람에 국경을 넘는 것도 몰랐다. 잠시 일어나 화장실을 가는데 누군가 노크를 한다. 열차 검표원이다. 짧게 "여권"이란 말만 내뱉기에 나 또한 싸늘한 표정으로 건네준 여권을 그는 한 오분간 말없이 들여다보기만 했다. 내가 밀입국자인 줄 아나? 여권이나 승차권 검사할 때 화장실로 도망쳐 숨는 사람들이 있다는 얘기는 들었다. 그런데 내가 바로 의심을 받을 줄이야. 그만 취기가 싹 가셨다.

얼마나 많은 문들을 여닫았던가.

차창가에 기대 앉아 떠올리는 육중한 문의 기억들…… 유럽의 문들은 기차의 칸과 칸을 연결하는 문이든 화장실 문, 상점이나 미술관의 문이든 간에 한결같이 무겁고 단단하다. 여간 힘을 주지 않고는 잘 열리지 않는다. 창문 또한 겹겹이 여러 층으로 되어 있어 다 열려면 한참을 수고해야 한다. 유럽에서 내가 경험한 '문의 완고성'은 그네들의 개방적인 문화와 관련지어 생각하면 얼핏 모순된 듯 보인다.

그렇다면 혹시 그들의 공적인 삶의 개방성은 단단한 문으로 표상되는 개인의 철저한 사생활 보장을 바탕으로 형성된 게 아닐까? 즉 어떤 일정한 규범이나 틀이 있어 그 안에선 어떤 짓을 해도 좋으나, 일단 그 틀을 벗어나면 엄격한 조치가 취해지는 사회. 개인과 개인 사이에 넘을 수 없는 벽이 존재한다는 것을 인정하고 투명한 창문을 통해 서로 대화를 나누나, 그 이상의 간섭을 할라치면 커튼을 드리우는 사회. 타인에 대한 불필요한 개입이 원천적으로 봉쇄된 사회. 친구를 만들고 자유로이 넘나들기엔 너무도 두터운 에티켓의 관문들을 통과해야 한다.

여기에 비하면 우리의 문들은 얼마나 허술한가. 우리 사회에는 만인의 동의를 전제로 한 일상의 규율이 확립되어 있지 않다. 단지 수시로 바뀌는 '법'이 있을 따름이다. 해방 이후 50여년간 국가의 기본인 헌법만 해도 정권이 갈릴 때마다 얼마나 자주 바뀌었던가. 기본적으로 우리는 문이 없거나, 있어도 하나밖에 없는 사회이다. 모든 사람이 모든 사람에 대해 간섭한다. 그리고 그 하나밖에 없는 틀에서 벗어나는 사람은 아예 문밖으로 내쫓는다. 덜컹거리는 기차 안에서 우연히 시작한 문에 대한 사색이 어느덧 동·서양의 문화 차이로 비약해버리고 말았다.

프라하

　기차를 타고 미지의 도시에 다가갈 때의 느낌은 서투른 연애의 메커니즘과 비슷한 데가 있다. 우리가 어느 한 장소의 혹은 한 사람의 본질을 가장 잘 깨닫게 되는 것은 그 속에 머물 때보다는 오히려 그것에 다가갈 때, 혹은 그것을 떠날 때인지도 모른다. 기대 이상의 즐거움을 경험할 것인가, 아니면 환멸을 맛볼 것인가는 어느정도 변덕스런 날씨나 그때그때 당신의 컨디션과 같은 우연의 폭력에 의해 좌우된다.

　체코 국경을 넘으니 풍경들이 달라진다. 독일의 칼로 벤 듯이 단정한 질서에서 어수선하나 생동하는 무질서의 세계로, 창밖의 풍경들이 시시각각 변한다. 우리나라 농촌을 연상시키는, 겨우 자전거 바퀴 하나 지나갈 만큼 좁은 고샅길들, 작은 간이역 막사, 철로변에 아무렇게나 핀 들꽃들. 그러나 여기도 기계로 농사를 짓는지 일하는 농부의 모습은 보이지 않는다.

　프라하에 도착하자마자 우선적으로 해야 할 일들을 작은 쪽지에 메모했다. 여행을 떠난 지 어언 두 달이 되는 지금은 내 머리가 아니라 몸이 이미 그것들을 외우고 있지만.

1. 프라하에서 빈까지 열차시간표
2. i(관광안내소)에서 시내 지도 얻기
3. i에서 호텔 예약 / 호텔 리스트 얻기
4. 코인라커 : 집
5. 동전 바꾸기 (전화)

원래 프라하에선 최소한 사나흘은 머물 예정이었다. 나로선 최초의 동구권 여행이라 진작부터 마음이 설레고 만감이 교차했다. 그러나 그날 밤 8시경 역에 내려서 채 한 시간도 되기 전에 어서 빨리 이 우울한 도시를 뜨고 싶었다.

어둡고 썰렁한 역사에는 가로등 하나 켜 있지 않았고 모든 게 을씨년스럽고 지저분해 보였다. 그리고 또 오줌 냄새는 얼마나 코를 찌르던지. 일단 밖으로 나가야겠다고 에스컬레이터를 찾아 주위를 둘러보았으나 헛수고였다. 낡은 승강기가 하나 있었지만 아무리 버튼을 눌러도 작동하지 않았다. 나와 함께 내린 승객들은 벌써 다들 어디로 갔는지 보이지 않고 초조해진 나는 짐가방을 끌고 비좁은 지하계단을 걸어 내려갔다.

프라하 중앙역 청사에 들어서서 내가 가장 경악한 것은 돈을 바꿔주는 사설 환전소가 수십 군데나 널려 있다는 사실이었다. 여기가 도대체 역 안인지 시장바닥인지 분간할 수 없을 만큼 크고 작은 환전가게들이 다닥다닥 붙어 있었다.

이들은 대개 높은 수수료를 받고 호텔예약과 여행안내도 겸해 수입을 늘리고 있었다. 유럽의 다른 도시에서는 찾아볼 수 없는 진풍경이다. 심지어 무질서하기로 악명 높은 이딸리아에서조차 역 안의 환전은 구내은행에서만 취급한다. 물론 암달러상들이 호객행위를 하는 것은 막을 수 없지만 프라하에서처럼 개인이 버젓이 요란한 간판을 내걸고 영업하지는 못한다.

미국 달러화와 서유럽 부자 나라들의 통화를 크게 새겨넣은 유치하고 조잡한 간판들을 지나치면서 좀 씁쓸했다. 사회주의를 경험한 나라는 적어도 이래야 된다는, 나의 얄팍한 상식이 무참히 깨지는 순간이었다. 사회주의와 자본주의, 두 개의 전혀 다른 체제 사이에서 부유하는 체코 사회의 현재를 엿본 것 같아 안쓰러웠다.

역 안엔 여행객을 위한 중요 표지판이 제대로 붙어 있지 않아 화장실을 찾느라 삼십분 가량 헤맸다. 이미 런던에서 뮌헨까지 몇바퀴 돌며 서유럽의 편리한 시설과 제도에 맛을 들인 뒤라 그런가. 프라하의 불편함과 비합리는 내게 참을 수 없는 짜증을 불러일으켰다. 그리고 이처럼 겉으로 드러난 사실들보다 더 참을 수 없는 것은 사람들의 침울한 표정이었다. 술에 취해 떠들며 돌아다니는 남자들의 공허한 시선과 삶에 찌들고 무기력해 보이는 얼굴들에서 '참을 수 없는 존재의 무거움'을 느껴야 했기에. 그렇지 않아도 우울할 일이 많은데 일부러 우울을 찾아다닐 건 없지 않은가. 그래서 나는 하룻밤도 자지 않고, 역 바깥으로 한 걸음도 나가보지 않은 채 그날 밤 서둘러 프라하를 떠났다.

왜 그렇게 쫓기듯 떠나야 했을까. 나는 무언가를 두려워했던 게 아닌가.

나는 동구권 사회주의에 대해 아직도 환상을 갖고 있는 사람은 아니다. 그것이 우리만의, 나만의 짝사랑이었음을 아프게 인정한 지 벌써 오래다. 그래서 말하자면, 깨질 환상조차 없으므로 논리적으로는 프라하를 두려워 못 볼 이유가 하나도 없다. 그러나…… 그러나 논리를 넘어 상식을 넘어 나를 넘어서, 사회주의에 대한 미련과 집착이 여전히 내 속에 남아 있는지 모른다. 이것은 무슨 거창한 이데올로기 이전에 정서의 문제이다. 내 머리와 입은 그를 배반해도, 가슴은 그를 못 잊는다고나 할까. 다시 한번 송두리째 깨지고 싶지 않았는지도 모른다. 그래서 나는 그 우울한 도시를 외면했던 것인가.

빈

상상 속의 빈엔 아름답고 푸른 도나우 강이 없었다.
상상 속의 빈엔 요한 슈트라우스의 왈츠가 흐르지 않았다.
내 상상 속의 빈은 바흐만의 도시였다.

여행을 떠나기 전 유럽 지도를 펴놓고 갈 곳을 표시하며 빈에 동그
라미를 칠 때, 머릿속에 오스트리아 시인 잉에보르크 바흐만(Ingeborg
Bachmann)의 시구가 맴돌았다.

누구든 떠날 때는
한여름에 모아둔 조개껍질이 가득 담긴 모자를 바다에 던지고
머리카락 날리며 떠나야 한다
사랑을 위하여 차린 식탁을 바다에다 뒤엎고
잔에 남은 포도주를 바닷속에 따르고
빵은 고기떼들에게 주어야 한다
피 한방울 뿌려서 바닷물에 섞고

나이프를 고이 물결에 띄우고
신발을 물속에 가라앉혀야 한다
심장과 달과 십자가와, 그리고
머리카락 날리며 떠나야 한다
그러나 언젠가 다시 돌아올 것을
언제 오는가?
묻지는 마라

—— 바흐만, 「누구든 떠날 때는」

내가 바흐만을 처음 알게 된 것은 전혜린의 책을 통해서였다. 고등
학교 1학년 겨울이었던 걸로 기억한다. 독일 유학 간 전혜린이 뮌헨의
영국공원에서 김밥을 맥주에 축여 먹었다는 얘기와 함께 바흐만의 시
가 두고두고 가슴에 남았다. 특히 시의 첫 구절이 인상적이다. 어떻게
떠나야 머리카락 날리며 떠나는 게 되지? 자문하며 아직 이별이 무언
지 알 리 없는 사춘기의 나는 밤잠을 설쳤다. 평생을 독신으로 살다 로
마의 어느 호텔에서 담뱃불에 타 죽었다는, 자살인지 사고인지 알 수
없는 죽음으로 마흔일곱의 생애를 마감한 시인이 청춘을 보낸 곳. 내
상상 속의 빈은 그런 곳이었다.

6월 28일 아침 8시 40분 경, 나는 빈 남역에 도착했다. 프라하에서
야간열차를 타고 일곱 시간 넘게 달려온 직후라 몹시 피곤했다.

까페테리아에서 빵과 따뜻한 차 한잔으로 다소 원기를 회복한 뒤 전
차를 타고 시내로 나왔다. 역에서 멀어질수록 거리풍경이 고풍스럽게
변해갔다. 이제까지 내가 거쳐왔던 오밀조밀한 유럽의 도시들과 달리
시가지의 규모가 컸다. 길은 맞은편이 잘 안 보일 정도로 넓고, 육중한

마리아 테레지아의 동상

석조건물들이 즐비했다.

　1차대전 이후 오스트리아제국이 해체되고 영세중립국이 되어 어느 정도 몰락의 길을 걸어왔지만, 빈은 수백여년간 유럽 최대의 왕실로 군림하던 합스부르크 왕가의 수도였다. 부자가 망해도 몇년 간다고, 쉽게 무너질 것 같지 않은 안정된 여유와 호사스러움이 곳곳에 배어 있었다. 나는 약간의 낭패감을 맛보아야 했다. 도저히 그 차가운 견고함을 뚫고 살아있는 삶의 냄새를 맡을 자신이 없었다. 아무리 걸어도 초라한 뒷골목 하나 발견할 수 있을 것 같지 않았다.

　빈 구(舊)시가지를 둘러싼 링(Ring)이라 불리는 널찍한 환상도로에서 전차를 내렸다. 조금 걷자 바로끄 양식의 웅장한 건물들이 시야에 가득 들어왔다. 끝없이 이어지는 돌덩이들의 위풍당당한 행렬이 장관이었다. 아, 하고 탄성이 절로 나왔다.

이것이 바로 궁정이라는 거구나. 이것이 바로 절대왕정이라는 거구나. 빈의 사치와 호화의 도도함에 비하면 런던이나 뮌헨은 촌스러운 시골처럼 여겨질 정도이다.

정말 엄청나게 꾸미고 살았구나. 한때 오스트리아를 중심으로 남부 독일, 에스빠냐, 네덜란드, 헝가리, 밀라노, 나뽈리 등을 자신의 영향권 아래 두었던 방대한 제국, 그 옛날의 부와 영광을 상징하는 마리아 테레지아 광장에 서서 나는 잠시 넋을 잃었다.

권력이란 이런 것이었나. 이 인공의 광휘를, 이 위선의 허세를 누리고자 역사 이래로 인간들이 그토록 피 터지게 싸웠던가. 아들이 애비를 죽이고 왕이 왕비를 독살했던가. 어제의 사랑을 배신하고 오늘의 우정을 저버렸던가. 그 막강한 권좌의 그늘에서 숱한 생명들이 이슬처럼 스러졌던가.

상상 속의 빈이 어느새 지워지고 역사와 현실 속의 빈이 떠오르는 아침이었다.

아무리 둘러보아도 호텔을 찾을 수 없었다.

마리아 테레지아 광장을 벗어난 지 무려 다섯 시간이나 지난 뒤였다. 몇차례 전차와 지하철을 갈아타고 이 구석 저 구석 헤집고 다녔지만 호텔은 커녕 싸구려 여인숙 간판 하나 보이지 않았다. 이럴 수가…… 도대체 빈의 호텔들은 다 어디 숨어 있는지. 이런 도시는 처음이다. 불과 100미터도 못 가서 크고 작은 숙박업소가 즐비한 서울은 물론이거니와, 유럽의 대부분 도시들에선 호텔이 없는 골목길을 찾기가 더 힘든 법이다. 국제열차가 하루에도 수십번 발착하는 남역 근처에서도 호텔이 없다는 건 내 상식으론 도무지 풀기 힘든 수수께끼였다.

하염없이 걷다 보니 어느새 점심때가 다 되었다. 배도 고프고 발이 퉁퉁 부어올라 신발이 조여왔다. 이제 더이상 내가 나를 끌고 다닐 수도 없을 지경이 되었을 즈음, 드디어 '호텔'이라 쓰인 간판을 하나 발견해 의기양양하게 문을 열고 들어갔다. 그러나 별 네 개짜리 특급호텔로 방값이 엄청 비싼데다 그나마 빈방이 없단다. 기가 막혀 불평을 토하는데 카운터의 남자 직원이 말하기를, 빈에선 혼자서는 호텔을 못 구한다, 전철 타고 칼스 플라츠에 가면 관광객을 위한 숙박 안내쎈터가 있으니 거기나 가보라고.

이쯤에서 난 오기가 발동했다. 좋아, 그래 어디 네가 이기나 내가 이기나 한번 해보자. 관광안내소의 소개 없이 혼자 힘으로 호텔방을 구하겠다는 애당초 나의 소망은 고생 끝에 어느덧 무서운 집념으로 변해갔다. 발이 아파 랜드로바의 뒤축을 아예 꺾어 신고 다시 거리로 나섰다. 그러다 마침내 어느 으슥한 골목에서 "——Pension"라 쓰인 간판을 보고 반가워 무작정 들어갔다.

팡지온(Pension)은 유럽의 어디서나 흔히 볼 수 있는 여관을 지칭하는 이름 아닌가. 그전에도 이런 집에서 묵은 적이 있는데 경우에 따라선 꽤 괜찮은 곳도 많았다.

그런데 빈에서 내가 찾아간 팡지온은 알고 보니 '노인들을 위한 집' 즉 양로원이었다. 건물 간판 앞에 독일어로 붙은 형용어를 몰라서 저지른 웃지 못할 실수였다. 난 그냥 그 자리에 주저앉고 싶었다.

이러다 정말 내가 영원히 낯선 거리를 헤매는 신세가 되는 게 아닌가. 겁이 덜컥 나 당장 이 망할 놈의 도시를 뜨고 싶은 마음이 굴뚝 같았다. 그러나 여기까지 와서 미술관 구경 하나 못하고 간다는 게 억울하고, 전날밤 프라하에서도 도망치다시피 했는데 또 그럴 수는 없다는 오기에서 다시 걸음을 재촉했다. 그날 저녁 무렵이 다 되어서야 비로소

렘브란트, 커다란 자화상, 1652년

역 근처의 한 호텔에서 풀썩 무너지듯이, 고단한 몸을 누일 수 있었다. 참으로 이상한 도시에서의 이상한 하루였다.

6월 29일. 아침 늦게까지 호텔방에 누워 휴식을 취했다. 우려했던 것보다 몸의 상태가 괜찮은 편이다. 어제와 그제 이틀째 계속 이동만 해 몸을 혹사시켰는데도 감기 기운 하나 없다. 아무래도 나는 여행 체질인가보다. 한국에서라면 어제의 반만 움직였어도 진작 뻗었을 텐데. 관광 팸플렛과 지도 등 한 보따리의 종잇더미를 뒤적이며 하루의 스케줄을 연구했다. 물가가 비싼 빈에 오래 머물고 싶지 않아 오늘밤 기차로 베네찌아를 향해 떠날 예정이다.

하루 만에 한 도시를 어떻게 섭렵할 것인가. 그건 불가능할 뿐 아니라 무지무지 피곤한 일일 것이다. 그보다는 차라리 옛날 그림들을 포식하는 게 나을 법해 마리아 테레지아 광장에 있는 미술사 박물관(Kunst Historische Museum)을 찾아갔다.

렘브란트가 그린 세 폭의 자화상이 나란히 붙어 있었다. 연대를 보니 주로 1652년에서 1657년 사이에 그려진 작품들이다. 사십대 후반에 접어든 그에게 무슨 일이 일어났던가.

여자와 돈을 둘러싼 추문에 휘말려 파산한 렘브란트가 여기 있다. 병약한 부인이 죽은 뒤 그가 정을 통했던 두 여자는 그의 집에 들어온 유모와 하녀였다. 처음에 화가는 어린 아들을 돌보기 위해 들어온 과부 덕스에게 죽은 부인의 값비싼 보석들을 주는 등 잠시 마음을 빼앗긴다. 그러나 얼마 지나지 않아 헨드리케라는 젊은 아가씨가 하녀로 들어오면서 한 남자와 두 여자를 둘러싼 삼각관계가 전개된다. 처음 몇년간 이 세 사람은 한지붕 밑에서 동거한다.

이윽고 헨드리케에 밀려 억울하게(?) 쫓겨난 덕스는 앙갚음을 하기 위해 결혼 약속을 어겼다는 죄목으로 렘브란트를 법원에 고발한다. 요즘식으로 하면 이른바 혼인빙자 간음죄이다. 법정에서 그녀는 애정의 증표로서 렘브란트가 그녀에게 선물했던 반지와, 그가 그녀와 여러번 동침했다는 사실을 증거로 제시한다. 이후 여러 차례의 고소와 맞고소 —— 렘브란트 또한 그녀가 죽은 부인의 보석들을 허락없이 훔쳐갔다고 주장했다 —— 가 있은 뒤에 덕스에게 매년 200길더의 별거수당을 지불하라는 판결이 내려진다.

사건은 여기서 끝나지 않았다. 지금으로선 정확히 알 길이 없는 어떤 이유로 덕스는 렘브란트의 묵인하에 강제로 감화원에 수용된다. 그가 그녀의 입원비용을 댔다고 기록은 전하고 있다. 그녀의 이름은 이후 화가의 인생에서 사라졌다가 아이러니컬하게도 1656년 그가 파산할 때 채권자 명단에 다시 등장한다.

렘브란트의 인생엔 유난히 송사가 많았다. 1654년 헨드리케는 렘브란트와의 부도덕한 동거로 말미암아 암스테르담 신교회의 사문위원회에 소환된다. 그 와중에 두 사람 사이에 딸이 태어난다. 암스테르담의 집이 경매로 넘어가자 렘브란트는 가족들을 데리고 시골로 이사한다. 말년에 그는 밀린 빚을 갚기 위해서 죽은 부인의 무덤까지 팔아야 했다고 한다.

이처럼 겉으로 드러난 사건들 뒤에 숨겨진 그의 참모습은 어떤 것이었을까. 영욕이 극적으로 엇갈린 삶을 살았던 화가 렘브란트. 오든(W. H. Auden)처럼 우리는 이렇게 말해도 좋을는지.

당신도 우리처럼 어리석었다. 그러나 당신의 재능은 그 모든 것을 초월해 살아남았노라.

브뤼겔, 겨울, 1565년

—— 오든, 「예이쯔를 추모하며」

　그 허다한 도시들…… 이어졌다 끊어지던 이름 모를 거리와 골목
들을 헤매고, 숱한 방들을 들고 난 뒤에 만난 렘브란트. 그가 과연 내게
답을 줄 수 있을까. 아니, 내가 과연 그의 메씨지를 해독할 수 있을까.

　피터 브뤼겔의 걸작들이 모여 있는 10번 방에 들어선 나는 몽롱한
상념에 빠져들었다. 16세기 안트베르펜과 브뤼쎌에서 활동했던 화가
의 손에서 떠나 소유주가 바뀔 때마다 여러 도시를 전전하며 저택의
벽들을 장식했을 캔버스들, 그 말없는 목격자들은 주인의 흥망성쇠를

브뤼겔, 겨울 (부분)

기억하고 있을까. 예술과 삶의 유전(流轉)이 덧없기만 하다.

「겨울」(1565년)은 브뤼셀의 부유한 은행가의 주문을 받아 제작된 '달력 그림' 연작 가운데 1월에 해당하는 작품이다. 추운 겨울날 북구의 소읍에서 화가가 직접 목격했을 한순간을 그대로 재현한 듯 시골의 일상이 시시콜콜히 담겨 있다. 강가에서 얼음을 지치다 벌렁 넘어지는 아이, 장작을 때는 어른들, 헐벗은 겨울나무에 앉은 새들, 그리고 이 모든 풍경을 향해 진군하는 사냥꾼들의 귀향.

그러나 안타깝게도 사냥 성적은 별로 좋지 않다. 세 명의 남자들과 그들을 뒤따르는 열 마리가 넘는 개들의 쪽수에 비해 노획물은 초라하기 짝이 없다. 젊은이의 등에 걸린 여우(?) 한 마리가 이들의 체면을 세워줄 수 있을는지, 기다리는 가족들의 주린 배를 채워줄 수 있을는지…… 사냥꾼들의 무거운 발자국들만 하얀 눈 위에 어수선하게 찍혀 있을 따름이다.

그림의 전경에서 인물을 근접해 보여줄 때는 정면이나 프로필 자세를 취하는 상식을 깨고, 사냥꾼들의 뒷모습을 전경에 잡은 구도가 독특하다. 나무 기둥과 인체 묘사에서 세부를 생략하고 기하학적 형태로 환원시킨 것은 지금의 시각으로 보면 아무것도 아니나 당시엔 거의 추상에 가까운 시도였다.

그가 얼마나 신경을 써서 그림을 그렸는가는, 예컨대 사냥꾼들을 뒤따르는 개들의 털 색깔과 꼬리의 모양이 하나도 같은 게 없다는 데서도 확인된다.

「시골 결혼식」(1568년)에서 무대는 허름한 헛간이다. 둥글납작한 몸매에 아둔해 보이는 농민들이 기다란 나무 탁자에 둘러앉아 게걸스레 음식을 먹고 있다. 시끌벅적한 사람들 속에 묻혀 신랑과 신부는 눈에

브뤼겔, 시골 결혼식, 1568년

띄지도 않는다. 머리에 작은 화관을 쓰고 두 손을 앞에 모은 채 흐뭇한
표정으로 앉은 처녀가 신부인 듯하다. 그녀의 등뒤에 걸린 초록색 휘장
이 일종의 후광 역할을 해 오늘의 주인공임을 암시할 뿐 웨딩드레스
비슷한 것도 걸치지 않았다. 화면에 등장한 인물들 가운데 가장 정적인
자세로 마치 부조처럼 제자리에 붙박여 있는, 수줍음으로 뻣뻣이 굳은
불쌍한 신부를 놔두고 신랑은 대체 어디서 무얼 하는 걸까?

신랑이 누구인지 알 수 있는 단서는 거의 없다. 신부로부터 왼쪽으
로 세번째 자리에 앉아 양손에 수저와 접시를 들고 정신없이 수프를
퍼먹고 있는 남자인가. 아니면 화면 중앙에 앉아 잔을 든 채 주위를 두
리번거리는 사람인가. 그는 벌써 거나하게 취한 듯 뒤로 자빠질 듯한

자세로 의자에 겨우 엉덩이를 걸치고 있다.

결혼식은 어른들을 위한 잔치만은 아니다. 어른들의 흥겨운 소란에 아랑곳없이 땅바닥에 퍼질러 앉아 접시에 남은 음식 찌꺼기를 손으로 핥아먹는 아이의 모습이 웃음을 자아내는 동시에 눈물 나도록 정겨웠다. 어린아이의 고독한 식탐은 궁핍했던 우리의 60년대와 어쩌면 그리 닮았던지.

그림에서 가장 비중있게 묘사된 것은 접시를 나르는 두 남자이다. 전경에 불쑥 튀어나온 두 인물의 과장된 크기와 붉고 푸른 빛깔의 윗도리에서 두드러지는 선명한 색채 대비는 신랑신부를 제치고 이들을 잔치의 주인공으로 만들고 있다. 관심이 온통 먹는 데에만 쏠린 손님들과 악사의 눈엔 음식을 갖다주는 사람들이 크게 보이는 게 당연하다. '먹는 게 남는다'는 촌사람들의 의식을 단적으로 드러내는 코믹한 장면이다.

생존을 위해 고된 노동에 종사해야 하는 농민들에게는 인생의 대사인 결혼식조차 일상과 크게 다를 바 없다는 것을, 모처럼 한데 모여 실컷 먹고 마시며 그동안 쌓인 피로를 푸는 날이라는 걸 화가는 말하고 싶었던 것 같다.

만약 사진으로 찍었다면 어떻게 됐을까. 그림에서처럼 많은 인물들을 하나의 앵글에 집어넣고 촬영한다는 게 불가능할지도 모른다. 또한 아무리 원근이 다르게 초점을 잡더라도 인물들의 크기가 그림에서처럼 현격하게 차이 나지는 못했을 것이다.

무르익은 시골 잔치의 어느 한순간을 포착해 인간이 보일 수 있는 모든 반응을 빈틈없이 화폭으로 옮긴 브뤼겔. 그는 아주 사소한 것도 놓치지 않는 위대한 눈을 갖고 있었다. 결혼식 현장을 찍은 현대의 어떤 스냅사진도 그보다 더 정확하게 현실을 재현하진 못하리라.

브뤼겔, 아이들 놀이, 1560년.

브뤼겔, 아이들 놀이(부분)

「아이들 놀이」(1560년)는 첫눈에 좀 어수선해 보이는 풍속화이다. 「겨울」과 「시골 결혼식」에서 수많은 사람들이 들어간 공간을 조금도 번잡스럽다는 느낌이 안 들게 구성한 것과는 완전히 딴판이다. 전경에 사람들을 너무 많이 배치해 답답한 인상을 준다. 서양애들은 그 옛날에도 이렇게 온갖 방법을 다해 놀았나? 부러워서 질투가 날 만큼 갖가지 놀이에 몰두해 있는 사람들——팽이치기, 원반돌리기, 가마타기, 가면놀이, 도박, 물구나무서기, 술래잡기, 매달리기 등등. 어릴 적 별로 다채롭게 놀아보지 못했던 나로서는 얼른 이해하기 힘든 유희도 많이 있다. 자기들만의 놀이에 열중한 사람들이 게임에 진 동료를 벌주며 즐거워하는 모습도 보인다.

자꾸 들여다보면 볼수록 뭔가 석연치 않은 그림이다. 화면 전체에 드리운 음험한 분위기는 어디서 나오는지. 겉으로 드러난 놀이 장면 뒤에 모종의 심오한 알레고리가 숨어 있는 것 같다. 제목만 해도 그렇다. 아이들 놀이라니…… 정작 화면에 등장한 사람들은 아이가 아니라 어른의 복장을 하고 있고, 얼굴과 체격도 어른의 모습이다. 이것은 무얼 의미하는가. 아이들의 세계를 통해 그가 보여주려 한 것은 어른들의 세계가 아닌지. 단지 어른의 옷을 입고 있을 뿐이지, 아이들보다 더 어리석고 탐욕스러운 어른들에 대한 신랄한 풍자가 아닌지.

브뤼겔의 어두운 비전은 그가 살았던 시대의 혼란스런 사회상황을 짐작케 한다. 16세기는 종교개혁과 농민반란 등으로 인해 유럽 각지에서 전쟁이 끊이지 않은 위기의 시대였다. 봉건영주들이 반란자들을 미친개 때려잡듯 무자비하게 진압하던 때, 개인이 겪어야 했을 신앙과 신념의 위기 또한 컸을 것이다. 그 회오리의 와중에서 그는 모든 것을 보았고 회의했음에 틀림없다. 그렇지 않았다면 인간의 어리석음에 대한 총체적 보고서와도 같은 그의 작품들은 나오지 못했으리라.

사람보다 그들이 걸친 의복과 보석이 더 두드러지는 홀바인(Hans Holbein)의 초상화들은 기념사진 같아 재미 없었고, 크라나흐(Lucas Cranach)의 에로틱한 누드가 많이 등장하는 종교화들은 쎄미 포르노 같아 역겨웠다. 포르노면 포르노일 것이지, 이런 절반의 위선은 더 못 참겠다. 어중간한 외설이 더 퇴폐적인 게 아닌지.

미술관을 나오니 오후 다섯시, 베네찌아로 가는 밤기차를 탈 때까지 여섯 시간이나 남았다. 무얼 하며 시간을 보낼까? 고민하며 벤치에 앉아 있는데 난데없이 시끄러운 팝음악이 들렸다. 고개를 들어보니 저만치 큰길가에서 한떼의 젊은이들이 커다란 무개차에 올라타 요란하게 춤을 추며 오고 있었다. 그것도 앞뒤로 경찰차의 호위를 받으면서. 도열한 경찰차로 다가가 물어보았다. 동성연애자들의 데모란다. 변변한 플래카드 하나 없이, 구호도 외치지 않고 스피커에서 흘러나오는 음악에 맞춰 춤만 추는 시위가 괴이하게 생각되어 다시 물어보았다. "사전에 허가받은 집회인가?" "그렇다."

저녁을 먹은 뒤 오페라 광장 앞을 하릴없이 왔다갔다했다. 마침 관광안내소가 눈에 띄기에 들어갔다. "나는 관광객인데 세 시간 뒤에 빈을 떠나야 한다. 그때까지 무얼 하면 가장 좋겠는가?" 도움을 청하는 내게 안내 아가씨 왈, 조금 있으면 여기서 야외음악회가 열리니 구경하라고. 난 평소 음악엔 취미가 없어 내 돈 내고 들어가 오페라라든가 뭐 그런 고급음악을 감상한 적이 한번도 없던 사람이다. 야외음악회라니, 도대체 어떤 건지 감이 잡히지 않았다.
몇분 지나자 극장 앞에 대형 스크린과 스피커가 설치되고 삽시간에 사람들이 모여들었다. "빈 국립오페라단의 친구들"이라 적힌 현수막이

크라나흐, 낙원, 1530년

걸리고 그 밑에 레퍼토리와 함께 "입장은 무료"라고 씌어 있다. 어디 앉을 데가 없나 둘러보니 근처의 까페들은 빈자리가 없이 꽉찼다. 아마 음악을 들으려고 미리부터 와 있었나보다. 그 흔한 신문지 한장 깔지 않고 돌바닥에 털썩 앉은 젊은이들, 오페라 극장의 층계에 걸터앉아 담소하는 늙은이들, 그나마 자리를 찾지 못한 구경꾼들은 그냥 서 있다. 그런데 연주시간이 다 됐는데도 악단의 모습은 보이지 않았다.

어디선가 음악이 들려왔다. 사람들의 눈길이 모두 임시 가설된 스크린에 쏠렸다. 실제 공연은 오페라 극장 안에서 진행되고 바깥의 광장에선 스피커와 스크린을 통해 생중계하는 프로그램이었다. 말하자면 귀와 눈을 따로따로 즐기라는 식이다. 극장 안에 들어가지 못한 사람들에게 현장에서 스크린으로 써비스한다는 발상이 가상하다.

오늘의 첫 순서는 베르디의 「리골레또」라고 소개하는 아나운서의 모습이 대형화면에 비쳤다. 광장에 운집한 삼백여명의 청중들이 순간 말을 멈추고 조용해졌다. 그 침묵의 허를 찌르며 벼락치듯 뜨겁고 열정적인 선율이 쏟아졌다. 인간의 목울대에서 이처럼 아름다운 소리가 나올 수 있다니, 귀에 익은 곡인데도 그날 따라 왜 그리 가슴을 저미던지…… 이방의 하늘 아래 뜻 모를 노래에 취한, 잊지 못할 저녁이었다.

빈에 왔으니 도나우 강을 슬쩍이라도 구경해야겠다는 객기에서 오페라 광장을 떠나 전차를 탔다. 다리에서 내려다본 도나우 강은 그저 그랬다. 요한 슈트라우스의 왈츠 제목과 달리 그리 푸르지도 아름답지도 않았다.

비가 오고 있었다. 정류장으로 뛰어가 번호도 확인하지 않고 먼저 도착한 전차에 올라탔다. 창밖을 내다보니 이미 캄캄한 밤이다. 불안했다. 시계를 보니 9시 30분. 베네찌아행 기차는 10시 45분에 출발하니 서둘러야 했다. 차창을 때리는 빗소리가 점점 거세졌다. 이제까지 유럽에서 맞았던 간지러운 실비가 아니라 회오리바람을 동반한 진짜 소나기였다. 한바탕 바람이 몰아칠 때마다 아스팔트 바닥에 먼지처럼 쓸리는 하얀 꽃잎들을, 질주하는 차들이 마구 밟으며 지나갔다. 뉘 집 베란다를 장식하다 광풍에 떨려 나왔을까. 아직 숨이 붙어 있을 것만 같은 가녀린 이파리들이 맥없이 쓰러지는, 가로등 불빛 아래 드러난 참혹한 광경에 놀라 창가에서 고개를 돌리고 말았다.

전차 안은 늦은 시각이라 승객이 거의 없었다. 갑자기 불안해진 나는 앞자리의 부인 옆으로 옮겨 앉았다. 한 마흔살쯤 됐을까. 인상 좋아보이는 그녀에게 더듬거리는 독어와 영어를 섞어서 남역으로 가려면 어디서 차를 갈아타야 하는지를 물었다. 그러자 그녀는 바로 이번 정류장이라며 따라 내리라고 손짓했다. 그리곤 나를 친히 역까지 데려다주었다. 역에 도착해서도 따라 들어와 게시판에서 베네찌아행 기차가 출발하는 플랫폼 번호까지 확인해주었다. 그래도 안심이 안 되는지 마침 옆에 서 있던, 나와 행선지가 같은 미국인 부부에게 날 인도하는 게 아닌가. "이 숙녀가 베네찌아행 기차를 놓치지 않게 잘 좀 부탁한다"고. 그녀의 알뜰한 배려에 감동하기도 했지만 좀 당혹스럽기도 했다. 난 어린애가 아니다. 기차쯤은 혼자서 충분히 타고도 남는다. 아무튼 고마워서 어쩔 줄 모르며 "Thank you"와 "Danke"를 번갈아 연발하는 내게 그녀는 담담하게 말했다. "나도 여행하다 길을 잃을 때가 있다. 만일 내가 한국에 가면 아마도 누군가 나를 도울 것이다."

"아마도……"라고 응수한 뒤 얼마나 부끄러웠는지 모른다. 이제까지 살면서 나는 한번도 외국인에게 손수 길을 안내해본 적이 없기 때문이다. 그녀와 짧은 작별인사를 나눈 뒤 곧 나는 미국인 부부와 헤어졌다.

지금은 기차 침대칸 안, 아래층 침대에 누운 룸메이트의 코고는 소리에 잠을 깼다. 어느덧 나는 여행의 종착점을 향해 가는 중이다. "베네찌아를 보고 죽어라"는 바이런의 말이 오래전부터 하나의 주문처럼 날 사로잡았다. 그래서 일부러 제일 가고 싶은 곳인 베네찌아를 마지막 코스로 남겨두었다. 그래야 여정이 덜 시시할 테니까.

어느해 여름이었던가. 『자본론』 쎄미나를 시작하면서 왜 이 공부를 하는가에 대해 돌아가며 토로할 때 "『자본론』을 읽고 죽어야 될 것 같아서"라고 농담한 적도 있다. 그래, 『자본론』이 아니라 베네찌아다. 베네찌아를 보고 죽을 수…… 아니, 살 수 있을까.

베네찌아

이렇게 물이 가까이 흐를 줄이야. 베네찌아의 싼따루치아 역을 나와 계단을 내려오면 조그만 광장이 있고 그 끝에 배들이 어지러이 떠 있었다. 둑도 없이 육지와 물이 서로 몸을 맞대고 있는 모습에 신선한 충격을 받은 나는 내려오다 말고 돌계단에 털썩 주저앉았다. 베네찌아화파의 작품 속에서나 보던 그림 같은 풍경이 내 눈앞에 펼쳐지고 있었다. 아니, 그림보다 더 근사하다. 캔버스의 사각형 틀에 갇혀서는 지금 내가 맛보는 벅찬 생동감은 없을 테니까.

역에서 약 오분 정도 떨어진 스빠냐 거리에 위치한 숙소로 가는 동안 내내 가슴이 설레었다. 아침 시간인데도 거리는 행인들로 복작댔다. 첫눈에 관광으로 먹고사는 도시임을 알 수 있을 만큼 호텔이나 음식점 간판을 안 단 집이 거의 없었다.

관광안내소에서 예약해준 여관은 괜찮았다. 이딸리아에서 숙박비가 제일 비싸다고 악명 높은 베네찌아인데도 화장실 딸린 1인실이 아침식사 포함하여 9만 리라(약 4만 5천원)이다. 우려했던 만큼 비싸지 않아 직접 가서 방을 보지도 않고 무조건 "오케이"했다. 이 도시가 마음에 들

것 같다.

입실 수속을 마치고 방에 들어가 불을 켰다. 바깥은 환한 대낮인데 방안은 캄캄한 밤이나 다름없다. 수상하게 여겨 창을 보니 커튼 대신 나무로 된 덧문이 이중으로 쳐 있다. 손으로 밀면 판자가 벌어졌다 닫혔다 하는데 이게 바로 '베네찌아식 블라인드'라는 건가?. 햇빛이 강한 곳이라 이중삼중으로 가리개를 한 것 같은데, 그래도 이건 좀 심하지 않나. 방에서 잠만 자란 말인가. 창문을 열려다 그만두었다. 1층에 위치한 방인데다 길가에 면해 있어 창을 열면 그냥 들여다보이게 생겼다.

호텔을 나와 길가의 식료품점에서 쌘드위치와 생수를 한 병 사서 배낭에 넣고 곧장 배를 타러 갔다. 선착장에는 바뽀렛또(Vaporetto)라 불리는 커다란 수상버스들이 길게 줄을 지어 정박해 있었다. 말하자면 버스정류장인 셈이다. 육지를 다니는 버스처럼 배들의 등판에 번호가 새겨져 있고, 노선에 따라 조금씩 거리를 두고 배치되어 있다. 십여개의 버스노선과 발착시간이 적힌 지도를 보고 심사숙고 끝에 S자로 굽은 대운하를 한바퀴 도는 코스를 택했다.

배가 천천히 물살을 가르며 앞으로 나아갔다. 어떻게 그 옛날 이런 허방 물가에 도시를 건설할 생각을 했을까. 뱃머리에 서서 좌우를 둘러보며 나는 내 눈이 믿기지 않았다. 어지러이 얽힌 물길을 따라 즐비하게 늘어선 고풍스러운 건물들, 대운하 양쪽으로 가지를 친 좁다란 새끼 운하들을 가로지르는 다리들이 앙증맞도록 예뻤다. 낡아 쓰러질 듯하나 아직도 멀쩡히 사람이 거주하는지 하얀 빨래가 눈부시게 휘날리는 발코니, 1층의 아치가 물에 잠겨 폐허가 된 집들도 간혹 보인다. '물속에 잠긴 도시'라는 말이 실감났다.

대운하는 그 이름이 무색하게 폭이 좁아 수상버스 두 척이 양방향으

베네찌아의 뒷골목

로 엇갈려 지나가면 행여 부딪칠까, 가슴을 졸였다. 육지식으로 따지면 2차선 도로밖에 안 되는 수로 위에 수상버스, 대형유람선, 곤돌라, 택시들이 무질서하게 떠 있었다. 저러다 물 위에서 교통사고라도 나면 어떡하나? 걱정될 정도로 어수선한 모습이었다. 그러나 그런 불상사를 막으려는지, 몸집이 큰 선박이 지나갈 때면 작은 배들은 미리 알아서 옆으로 비껴난다. 특히 날씬한 곤돌라들은 다리 밑의 아슬아슬하게 좁은 틈새를 요리조리 잘도 빠져나간다. 그 옛날 지중해를 누비고 다녔던 선원들의 후손다운 곡예다.

어두운 녹색에 가까운 물은 속이 비치지 않아 탁해 보였다. 오염돼

174

서 그런 건지 원래 제 빛깔인지, 그리고 이 물이 과연 바다인지 강인지 판단하기 힘들었다. 내 상식으론 바다는 파도가 쳐야 제격인데, 파도는 커녕 큰 물결 하나 일지 않는다. 그저 미풍에 조금씩 찰랑댈 뿐이다.

여기선 3층 이상 되는 집들을 보기 힘들다. 수상도시인 베네찌아엔 마른 땅이 절대적으로 부족하다. 따라서 아무리 호화로운 궁전이나 저택이라도 정원이 딸린 집은 거의 찾아볼 수 없었다. 건물 사이의 간격이 좁은 까닭에 채광을 고려해 층을 높이 쌓아 올리지 않은 것 같다.

각기 다른 시대의 양식들을 혼합해 지은 건축물들이 많이 눈에 띄었다. 여러가지 양식들이 절충되어 무거운 듯하면서 가볍고, 장대하면서 경쾌한 인상을 준다. 이러한 자유분방함은 지중해 무역의 왕자로 군림하던 베네찌아의 개방적이며 국제적인 도시 성격에서 나왔을 것이다.

유럽을 다니면서 그 숱하게 널린 관광명소엘 가도 꿈적 않던 나인데, 베네찌아에서는 어디를 가든 탄성이 절로 나왔다. 하늘과 바다, 그리고 형형색색의 집들이 어우러져 기막힌 조화를 이루었다. 빨레뜨에 물감을 풀어 섞어도 이처럼 미묘한 색조의 변주는 만들지 못하리라.

그 경치에 혹해 굳이 미술관이나 궁전들을 찾아가고 싶지 않았다. 도시 자체가 하나의 거대한 미술관인데 뭣하러 어둠침침한 전시실에 들어가 빛바랜 캔버스들을 마주하는가. 거리의 후미진 골목들은 얼마나 환상적이던지. 이끼 낀 돌계단과 손때 전 다리 난간들은, 몇백년을 두고 쌓인 비와 바람과 먼지의 흔적들은 그 자체가 역사이고 삶이었다. 아래층이 반쯤 물에 잠긴 어느 고색창연한 저택의 창문을 거의 덮다시피 기어오른 담쟁이덩굴에서 나는 지난날의 영화가, 한숨과 치욕들이 한데 엉겨 무너져내리는 것을 보았다.

이런 곳에서의 일상은 어떤 것일까? 그날 저녁 싼마르꼬 광장에 앉아 포도주를 병째로 들이켜며 나는 생각에 취했다. 이처럼 매혹적인 곳에서 오래 머물고 싶다, 아니 빨리 떠나야겠다는 두 가지 상반된 감정이 교차했다. 혼자서 즐기기에는 아까운 경치다. 누군가와 교통하고픈 욕망이 일게 만드는 도시다.

오후 8시 20분. 이제야 해가 지기 시작한다. 다시 수상버스를 타고 뱃머리에 앉았다. 얼굴을 간지르는 미풍, 물빛이 더 진해지고 파도도 약간 일렁인다. 저녁놀을 보았다. 구름들이 엉기어 장엄하기보다는 아기자기한 멋을 연출한다. 작년 겨울(95년 12월) 나뽈리에서 뽐뻬이로 가는 기차에서 보았던 지중해의 노을이 베네찌아의 노을에 겹쳐 어른거렸다. 앞엣것이 스케일이 큰 대하드라마였다면 뒤엣것은 소극에 가깝다.

거리에 가로등이 하나둘 켜졌다. 아슴한 불빛들이 수면 위에 반사되어 반짝이는 모습이 신비로웠다. 부드러운 조명이 수백년 묵은 때를 말끔히 씻어낸 걸까. 대낮보다 더 선명하게 되살아난 둥근 아치와 기둥들이 은은한 빛을 발했다. 서울의 휘황한 야경처럼 눈이 부시지는 않지만 공간 속에 깊이 스며드는 빛이다.

이것은 하루아침에 이룩된 조화가 아니다. 우리 정부와 기업에서 즐겨 하듯이 돈을 아무리 처들인다고 만들어지는 세련이 아니다. 베네찌아의 야경에 배어 있는 그윽한 아름다움은 오랜 시간 축적된 교양의 힘에서 나온 것이다.

피렌쩨의 유스호스텔에서 만난 미국 청년이 왜 베네찌아엔 절대로 혼자 가면 안 된다고 충고했는지 이제야 알겠다. 이 도시의 매력은 사람을 홀린다. 위험하다.

이건 한숨입니다.   이건 비명입니다.

흠 흠.   우 우 우.   여기는 숨막히도록 아름다워서 고통스러울 정도입니다. 그 풍경 속에 푹 잠기면 좋겠는데……몸이 무거워 말을 안 듣네요.

베네찌아에 도착한 첫날 밤에 선배에게 쓴 편지의 한 구절이다.

7월 1일. 이른 아침 새소리에 잠을 깼다. 창문 너머 누군가 길바닥을 쓰는 소리도 들린다. 얼마 만에 들어보는 가슴 쩡한 새벽 소식인가. 신도시 고층아파트를 떠나 흘러흘러 참 멀리도 유럽의 남쪽 끝까지 와서, 유년기의 추억이 쩽하게 울리는 아침을 맞다니. 어이없기도 하고, 이질적인 줄 알았던 삶의 닮은 속내에 정신이 번쩍 났다. 어제 내가 그토록 감탄하며 발견했던 베네찌아가, 한때 우리 것이었지만 지금은 잃어버린 새의 낭랑한 울음이 아니었는지. 시멘트 바람에 쓸려나간 흙먼지가 아니었는지.

아침 늦게까지 호텔방에 머물며 오늘의 스케줄을 궁리하다가 어제 관광안내소에서 얻은 야릇한 지도를 드디어 해독했다. 베네찌아의 중심가 곳곳에 작은 동그라미를 치고 아라비아 숫자로 번호를 매겨놓은 것인데, 처음엔 관광명소를 표시한 약도로 착각했다. 알고 보니 시내의 공공화장실의 위치와 개관시간을 보기 쉽게 그림으로 설명한 홍보물이었다. 오래된 도시라 까페나 레스또랑에도 화장실이 없는 데가 많고, 있더라도 비싼 이용료를 내야 한다. 그럼 옛 베네찌아인들은 어디서 용무를 보았단 말인지. 소문대로 그냥 길가에서? 그처럼 왕성한 문명을 누리던 사람들이 설마 그랬을까.

지도를 보니 베네찌아에서 왜 매너리즘(Mannerism, 르네쌍스에서 바로끄로 이행하는 1520~1600년경에 나타난 미술양식. 르네쌍스의 합리주의를 깨는 불안정한 구도, 기형적인 인체비례, 비연속적인 공간 등이 특징) 미술이 발을 못 붙였는지 수긍이 간다. 이처럼 자연이 인간에게 우호적인 곳에선 '꼬였던' 마음도 금세 풀어질 듯하다. 이딸리아 반도 북부의 뽀 강과 알프스 산맥, 그리고 아드리아해에 둘러싸인 지방이 베네찌아이다. 천연의 방패가 형성된 셈이니 기후가 온화하고 이민족의 침입도 덜 받았을 것이다.

이렇듯 유리한 지리적 조건 아래 일찍이 발달한 해상교통 수단을 발판으로 동·서양의 무역을 중개하며 번영을 누렸던 상업도시, 베네찌아를 지배한 상인들은 이교도인 사라센과의 교역도 마다하지 않을 만큼 철저히 실리를 추구하는 사람들이었다.

그들의 그악스러움과 탐욕이 오늘의 베네찌아를 있게 했다고 해도 과언이 아닐 것이다. 대대로 축적된 부가 교양을 쌓는 밑거름이 되었으리라. 그 여유를 바탕으로 건축된 저택과 교회들, 부르즈와의 예술 앞에서 잠시 황홀해했던 나. 어제의 나를 오늘의 내가 배반하려는 것일까. 어째 재미가 덜하다. 베네찌아에서 이틀째. 벌써 그 기막히게 예쁜, 예쁘기만 한 풍경에 싫증이 난다. 자꾸 보면 좀 질리는 미인 같은 매력을 발산하는 도시이다.

억척스러웠던 해상제국의 후예들은 이제 과거의 영화를 파먹고 산다. 관광객들을 실어나르고, 먹이고, 재우는 것으로 생활을 꾸려나간다. 수상버스나 곤돌라를 운전하는 사람들은 모두 아저씨들이다. 하루종일 서서 노를 저어야 하는 중노동이라 젊은 총각들은 피하고, 여자들은 엄두도 못 낼 일이다. 남자들의 이마에 깊게 파인 주름이 고단한 삶의 증표 같다.

"몇살입니까?"

싼마르꼬 광장에 위치한 두깔레 궁전(Palazzo Ducale) 입구에서 매표원이 영어로 나이를 물었을 때 나는 적이 당황했다. 유럽의 미술관들은 대부분 비싼 입장료를 받는다. 푼돈 같지만 모이면 부담이 될 것 같아 한국에서 출발하기 전에, 할인 혜택을 받을 수 있다는 국제학생증을 발급받았다. 난 대학원을 졸업한 지 채 1년이 안 되었을 때라 학생 자격이 유지된다고 들었다. 그런데 막상 여행을 하다보니 문제가 생겼다. 프랑스를 비롯해 어떤 나라에서는 학생 할인에 나이 제한을 두고 있었다. 작은 미술관에서는 학생증을 내밀며 자신있게 "학생이다"라고 큰 소리로 말하면, 한번 힐끗 보고는 입장료를 깎아주기도 했다. 그러나 루브르 같은 큰 박물관에선 이런 '대충'이 통하지 않는다. 학생증을 꼼꼼히 들여다보며 생년월일을 확인하곤 "너는 학생이지만 스물일곱살이 넘었으므로 할인 혜택을 받을 수 없다"고 냉정하게 자른다.

좀 억울했다. 그놈의 증명서를 발급받으러 이리저리 뛰어다녔는데 이제와서 말짱 도루묵이지 않은가. 그래서 나중에 학생증을 위조했다. 출생년도란에 '1961'을 '1969'로 끝자리만 살짝 고친 것이다. 내 짱구로는 솜씨가 감쪽같아 아무도 눈치채지 못할 줄 알았다. 그런데 허술하기로 유명한 이딸리아에서 그만 덜미를 잡히다니…… 내가 대답을 못하고 어물거리자 매표원 아줌마가 다시 묻는다.

"몇살입니까?"

난 내심 '이미 글렀다'고 포기하고 있었다. 그래서 진짜 나이를 말하려고 작은 소리로 "써티—"(thirty)까지 발음하고 그 뒤의 끝자리를 흐렸는데, 그녀가 대뜸 이렇게 되묻는 게 아닌가.

"써르 —— 틴?"(thirteen?)

"오! 예스. 예스."

얼떨결에 거짓말을 하고 말았다. 아이구. 이게 웬 오해인가, 횡재인가. 30을 13으로 잘못 알아듣다니. 영어로는 두 단어의 첫 음절이 똑같

두깔레 궁전, 14~15세기

이 시작한다. 말하는 사람이나 듣는 사람 모두 영어가 모국어가 아니라
벌어진 해프닝이었다. 그래도 그렇지, 어디 내가 열세살로 보인단 말인
가. 아무튼 재수가 좋은 날이었다. 입장료가 반으로 준데다 나이도 스
무살이나 젊어졌으니까.

  그날은 재수는 좋았는데 소득은 별로 없었다. 두깔레 궁전은 화려하
기만 했지 날 건드리는 작품이나 분위기는 없었다. 높은 계단을 몇번
오르내리다 실망한 나는 내부를 다 둘러보지도 않고 30분 만에 궁전을
빠져나왔다.

  그날의 싼마르꼬 광장은 비둘기떼의 세상이었다. 사방을 온통 도배
하다시피 거무죽죽한 새똥이 여기저기 묻어 있었다. 사람들의 어깨와
머리 위로 비처럼 떨어지는 분비물의 습격을 피해 얼른 자리를 떴다.

인파로 바글거리는 시내를 벗어나 탁 트인 전망을 보고 싶었다. 배를 타고 한 시간쯤 가니 드디어 넓은 대양이 나타났다. 이것이 꿈에 그리던 바로 그 바다인가. 하늘과 물이 수평선을 그으며 서로 막막하게 버티고 있는 이 끝없는 응시가 바다였단 말인가. '나의 바다'를 찾을 때까지 여행을 멈추지 않으리라 다짐했는데…… 떠오르는 생각의 갈피들을 뗐다 붙였다 모자이크하며 내 삶의 현재 지도를 그려나갔다. 그러다 제풀에 지쳐 무라노 섬에 내렸다. 발길 닿는 대로 선창가를 걸으며 나는 계속 표류했다. 두고 온 얼굴들이 어른거렸다.

7월 2일. 베네찌아에서의 마지막 날에 아까데미아 미술관(Gallerie dell' Accademia)을 방문했다. 미술관이라기보다 도서관에 가깝게 차분히 가라앉은 실내 분위기가 마음에 들었다.

지오반니 벨리니(Giovanni Bellini, 1430~1516)의 「싼 지오베 제단화」(1490년)는 오백년 된 그림이라고 믿기지 않게 산뜻한 색채의 윤기가 남아 있다. 혹 후세에 보수공사를 해서 물감을 덧씌운 게 아닌가 하는 의심도 들었지만 아마 쌓인 먼지만 닦아내는 정도였을 것이다. 덧칠을 해서는 이처럼 빛바랜 듯하면서도 투명한 색조는 만들기 힘들었을 테니까.

색채와 톤의 대비에 의해 형태가 암시되는 회화적인 요소가 베네찌아화파의 특징이며, 이를 선구적으로 실천한 사람이 벨리니라고 한다. 그러나 실제로 작품을 대하니 좀 의문이 든다. 내겐 이 그림도 충분히 선적(線的)으로 보인다. 사물의 윤곽선이 그렇게 애매모호하지도 않으며 경계를 허물지도 않는다. 이미 바로끄 등 훨씬 더 회화적인 그림들에 눈이 익숙해져서 그런가. 단지 벽감에 가득찬 은은한 빛의 울림이 독특해 보일 뿐이다.

벨리니, 싼 지오베 제단화, 1490년

    그의 제단화에선 인물들의 몸짓과 표정에서도 엄정한 하늘의 권위
가 잘 느껴지지 않는다. 아랫배에 화살이 꽂힌 채 피를 흘리고 있는 성
쎄바스찬의 얼굴이 평안하기만 하다. 이 작품을 지배하는 부드럽고 친
근한 분위기는 로마의 씨스띠나 예배당을 장식한 미껠란젤로의 무서
운 벽화들과 비교하면 얼마나 세속적인가. 거의 광적인 신앙심을 가졌
던 미껠란젤로가 이 그림을 보았다면, 천박하다고 욕했을지도 모른다.
해상무역도시로 번성했던 베네찌아의 호방한 사회분위기가 종교화조
차 이 세상의 빛으로 녹여낸 것인가.

    한 방에 7점, 그리고 또 바로 옆에 붙은 방에 4점. '마돈나와 아기 예
수' 상이 한군데 몰려 있어 전시실이 마치 아가방 같다. 르네쌍스 시대

베네찌아에서 인기 있던 도상인가 본데 그 이유가 무엇인지 궁금하다. 종교화라고 부르기가 낯간지러울 만큼 그 의상이나 머리 장식이 사치스러워, 아기를 안고 있는 여자가 여염집 부인인지 성모 마리아인지 분간하기 어려운 경우도 종종 있다. 그림을 주문한 상인들의 호사 취미에 맞추느라 그랬던 것 같다. 자신들의 부와 지위를 과시하려고 다투어 건물을 신축하고 장식하는 게 크게 유행했을 때이다. "저 아무개네 집 거실에 걸린 그림과 똑같은 걸 그려주게나." 종교화 가운데 비교적 단순하고 이해하기 쉬운 주제라 더 인기를 끌었으리라.

많이 그려진 만큼 화가마다 차별화를 시도해, 아기 예수가 어머니 마리아의 품에 안겨 있는 자세가 다 다르다. 특히 벨리니는 이 주제를 즐겨 다뤄 네 점이나 나란히 걸려 있다. 엄마의 무릎에서 곤히 잠들다 치마폭에서 미끄러지기 직전의 순간을 담은 「마돈나와 아기」의 포즈가

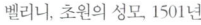
벨리니, 초원의 성모, 1501년

지오르지오네, 늙은 여인, 1502~3년

재미있다. 어느 시대, 어느 나라에서든 여염집 실내에서 흔히 목격되는 정겨운 모습이다. 이와 비슷한 자세를 취한 벨리니의 성모자상이 런던의 내셔널 갤러리에도 소장되어 있다. 런던의 것은 배경이 초원으로 바뀌었을 따름이다. 두 성모자상에서 아가의 미성숙한 고추는 통통한 살집에 가려져 잘 안 보인다. 아무리 어리더라도 신에 대한 예의는 지킨 것인가.

가볍게 눈요기로 즐겼던 벨리니를 지나 지오르지오네(Giorgione da Castelfranco, 1476~1510)의 개성적인 초상화 한 점을 감상했다. 늙고 초라한 모습의 여인이 손가락으로 자기 가슴을 가리키고 있다. 이딸리아 르네쌍스의 초상화치고는 이상화되지 않은 얼굴이 무척 리얼하다. 제목도 「늙은 여인」(La Vecchia)이라 붙어 있다. 노파의 손에 들린 천 조각엔 "C. L. Tempo"라는 문구가 씌어 있다. 뜻을 알 수 없어 아래층의 미술관 사무실로 내려가 물어보았다. 한 직원이 내가 들이민 수첩에 "Col Tempo"라고 적어주었다. 'Tempo'가 시간을 의미하는 건 알겠는데 'Col'이 무슨 말인지 몰라 안타까웠다. 귀국한 뒤 이딸리아어를 배운 선배에게서 겨우 해답을 얻었다. "세월이 가면"이란 뜻이라고. 서른네살에 요절한 화가라 좀 섬뜩한 기분이 들었다.

유감스럽게도 지오르지오네의 생애에 관해선 알려진 바가 거의 없다. 그가 그렸다고 확실하게 추정되는 작품도 다섯 점을 넘지 않는다. 그러나 그 한줌밖에 안 되는 작품들로 후세 화가들에게 지대한 영향을 끼치고, 심지어 그의 스승인 벨리니조차 제자에게서 몇가지 회화적 장치를 배웠다고 한다. 그는 종이에 예비 드로잉을 하지 않고 캔버스에 직접 그림을 그린 최초의 화가였다. 흐르는 듯 자유로운 붓질, 서로 스며드는 두터운 물감층 —— 유화기법상의 혁신은 곧 내용의 혁신으로 이어졌다.

피렌쩨와 로마가 주도했던 르네쌍스 회화에서 화면을 하나로 통일하는 것은 완벽한 균형과 비례를 자랑하는 구도였다. 그러나 지오르지오네의 「폭풍」에서는 색채의 조화가 이를 대신한다. 하늘과 물이 약간 어두운 푸른빛으로 통일된 반면, 번개의 밝은 하이라이트가 집들을 지나 여인의 어깨에 걸친 가운과 남자의 흰 블라우스로 이어진다. 그리고 이들을 둘러싼 숲은 명암을 조금씩 달리하는 갈색과 녹갈색으로 칠해져 있다.

지오르지오네, 폭풍, 1500~10년

　풍경이 인물을 압도할 정도로 강하게 묘사되었다는 것 자체가 당시
로선 충격이었을 것이다. 그 이전의 회화에서 풍경은 주로 인물과 사건
의 배경으로서만 깔렸을 뿐이다. 자연을 하나의 독립된 모티브로 다룬
것, 그것만으로도 전망의 확대이고 혁명이지 않았을까.
　매우 시적인 풍경화이다. 목가적인 배경 아래 전라의 여인이 아이에

게 젖을 물리고, 지나가는 남자가 이를 쳐다보고 있다. 폭풍우가 치려
는지 하늘엔 번개의 조짐이 보인다. 베네찌아의 전위적 인문주의자 써
클의 일원이었다는 화가의 개인적인 알레고리가 숨어 있는 수수께끼
같은 그림이다. 폭풍우가 치는데 어찌하여 여인은 한가로이 아이에게
젖을 물리고 있는지. 지팡이를 든 젊은 남자는 목동인가, 군인인가. 그
의미를 둘러싸고 학자들 사이에 해석이 엇갈리는 작품이다. 나도 캔버
스 앞에 서서 비밀의 열쇠를 풀고자 나름대로 머리를 굴려보았다.

　　지오르지오네의 제자인 띠찌아노(Vecellio Tiziano, 1477?～1576)의
「성스러운 사랑과 세속적인 사랑」(1514년)에서 누드는, 지금 우리의
상상과는 반대로, 성스러운 사랑의 은유이다. 즉 옷을 입은 쪽이 세속
의 여인이고 옷을 벗은 쪽이 비너스 여신이다. 이 논리를 따르자면 「폭
풍」의 누드는 세속의 여인이 아니다. 아이에게 젖을 물리는 도상으로
보아 마돈나라는 추정이 가능하다. 여자가 마리아라면 젊은 목동은 요
셉이라는 게 자연스런 결론일 것이다. 그런데 그는 왜 지팡이를 집고
멀찌감치 떨어져 마돈나 일행을 응시하는지. 혹 그는 화가 자신의 분신

띠찌아노, 성스러운 사랑과 세속적인 사랑, 1514년

이 아닐까. 그렇다면 하늘의 번개는 제우스의 현현인가? 이 가정이 옳다면,

다리 하나를 사이에 두고 헬레니즘적 세계와 기독교적 세계가 대치하고 있는 것이다. 서로 다른 두 세계인 고대와 근대의 조화와 충돌 속에 진행된 르네쌍스의 모순을 화가가 직시했던 것은 아닌가고, 나는 감히 추측해보았다.

6번 전시실에 들어서자 작품의 스케일이 커졌다. 전성기 르네쌍스에서 바로끄로 넘어가는 과도기의 화가들인 띠찌아노, 띤또렛또(Jacopo Tintoretto), 그리고 베로네제(Paolo Veronese). 베네찌아화파의 특징인 습기를 머금은 듯한 윤택한 색채가 사방 벽에 넘쳐 흐른다. 운동이 많아진 구도, 대담하고 빠른 붓 터치에서 바로끄를 예감할 수 있었다.

띠찌아노의 대작 「삐에따」(1576년, 353×248cm)는 베네찌아화파답지 않게 화면이 어두웠다. 주위에 걸린 알록달록한 캔버스들과 달리 거의 단색조로 칠해진 그림이 그윽한 울림을 자아낸다. 인물들을 왼쪽에서부터 오른쪽으로 차례로 키를 낮춰 배치한 대각선 구성이 자칫 정적이기 쉬운 종교화에 비극적인 에너지를 불어넣고 있다. 그리스도의 유해를 무릎에 안고 비탄에 잠긴 성모 마리아를 다룬 기존의 '삐에따'와 달리, 마리아나 예수보다 막달라 마리아를 크게 묘사한 것은 당시로선 지극히 이례적인 일이다. 네 명의 등장인물 가운데 유일하게 지상에 두 발을 딛고 서 있으며, 옆에서 진행중인 비극에 직접 동참하지 않은 채 시선이 화면 바깥을 향해 열려 있는 막달라 마리아. 한 팔을 치켜들고 무어라 외치는 듯한 모습이 마치 신의 사도처럼 당당하고 위엄에 차 있다. 화가는 어째서 미천한 그녀를 성스러운 비탄의 주인공으로 격상시켰을까?

띠찌아노는 단명한 그의 스승 지오르지오네와 달리 아흔아홉살까지

띠찌아노, 삐에따, 1576년

장수하며 무수한 걸작을 남겼다. 그가 일하다 떨어뜨린 붓을 후원자인 샤를르 대제가 집어주었다는 일화가 전해질 만큼 당대에 존경받는 대가로서 명성을 누렸던 화가. 이 신화적인 정력의 소유자가 흑사병으로 쓰러진 해에 병든 노구를 이끌고 마지막 힘을 쥐어짜서 그린 「삐에따」. 거의 한 세기를 살며 참 많은 것을 보고 겪었을 띠찌아노가 우리에게 전해주는 메씨지는 무엇인가.

성경에 의하면 예수는 죽은 지 사흘 만에 막달라 마리아에게 처음 나타났다고 한다. 그 부활의 의지를 죽음을 코앞에 둔 띠찌아노가 읽은 것인가. 말년에 그가 다다른 세계와 인간에 대한 쓰라린 연민이 가슴을 찌를 뿐…… 미껠란젤로의 「론다니니 삐에따」와 마찬가지로 감히 어떤 섣부른 해석의 칼을 들이밀 수 없는 작품이다. 그 스산한 연민의 끝에 서서 나는 한참을 서성였다.

나는 쌀바도르 달리(Salvador Dali, 1904~89)를 좋아하지 않는다. 그런데 그날 오후에 아까데미아 미술관을 나와 달리를 보러 바르똘로메오 교회(Chiesa S. Bartolomeo)를 방문한 것은 순전히 시간을 때우기 위해서였다. 내가 예약한 베네찌아발 빠리행 야간열차는 저녁 8시에 떠나는데 그때까지 무려 여섯 시간 동안 딱히 갈 데가 없었던 것이다. 점심을 먹은 뒤 리알또 다리 부근을 얼쩡거리다 심심해서 교회를 찾아 들어갔다.

입구에서 입장료를 받는 것부터가 좀 수상했다. 유럽을 여행하며 수두룩한 성당을 방문했지만 입장료를 징수하는 곳은 여기가 처음이다. 신성한 법당 안에서 전시회를, 그것도 종교미술과 아무런 연관도 없는 초현실주의자 달리라니, 그 발상이 희한하다. 낡은 건물을 보수하는 못질 소리를 줄곧 들으며 교회인지 화랑인지 분간이 안 되는 실내를 한 바퀴 둘러보았다.

시계의 이미지를 이용한 비슷비슷한 작품들이 그 크기와 매체만 달리한 채 널려 있는 교회 안은 '시간을 파는' 시장 같았다. 나뭇가지에 걸려 눈물을 흘리는 시계를 보여주는 「기억의 고집」은 언젠가 미국의 어느 시사주간지 표지에서도 본 적이 있다. 나는 이 작품을 별로 좋아하지 않지만 한번 보면 결코 잊혀지지 않는, 기억 속에 고집스레 남아 있는 이미지라는 건 인정하는 바이다. 조금 감상적으로 현실을 초월한 이 시계의 어느 구석에서 그런 강력한 환기력이 나오는지는 알 수 없지만.

자신의 작품세계에 대해 작가 자신은 이렇게 말한다. "모든 인간은 시간에 매여 있다. (…) 시간의 속도는 오로지 우리 자신에게 달려 있다." 맞는 말이다. 그런데 모든 인간은 시간에 묶여 있지만, 달리처럼 그렇게 시간을 갖고 장난하지는 않는다.

달리, 기억의 고집

이건 좀 지나치지 않나. 일종의 시각공해가 아닌가. 그는 재능을 남용한 삐에로 예술가라는 내 생각이 너무 삐딱한 건지도 모른다. 그러나 성당 벽 여기저기에 이딸리아어를 비롯해 독어, 영어 등 3개국어로 "판매중"이라고 크게 써붙인 종잇조각을 보곤 실소를 금할 수 없었다. 설상가상으로 그 밑에 "관광객을 위해 면세"라고 씌어진 스티커가, 그리고 바로 옆에 다이너스, 비자, 아메리칸 익스프레스 등 각종 신용카드 상표들이 다닥다닥 붙어 있었다. 하느님의 교회가 보증하는 예술과 돈의 환상적인 결합이라……

교회 안엔 여느 미술관과 마찬가지로 작은 가게가 한구석에 딸려 있었다. 무료한 오후의 '시간을 죽인' 기념으로 엽서 한장을 사려다 또 한번 놀라고 말았다. 가격이 다른 미술관에 비해 터무니없이 비쌌기 때문이다. 정말 장삿속이 빤히 들여다보이는 전시였다.

이 에스빠냐 출신의 예술가가 아주 유능한 사업가였다는 사실을 전시관에 비치된 홍보책자를 보고 알았다. 독재자 프랑꼬 총독을 지지하는 발언이 문제가 되어 초현실주의자 그룹에서 추방된 뒤에 미국으로 건너간 달리는, 보석 가공뿐 아니라 향수 제작에도 손을 댔다고 한다. '달리'라는 이름의 상표를 팔아 부와 인기를 동시에 누린 달리. 앙드레 부르똥이 왜 그를 가리켜 "달러에 굶주린 달리"(Dali Avida Dollars)라 비꼬았는지 알 만하다.

베네찌아는 세계 각지에서 몰려든, 특히 미국·캐나다·호주 등 영어권 단체관광객들에게 점령되다시피 한 도시이다. 시내 중심가를 걷다 보면 이딸리아 말보다 영어가 더 자주 들릴 때도 있다. 여행자들에게 짓밟히다 보니 여기도 꽤 더럽혀졌다. 처음엔 이국적인 풍치에 홀려 미처 눈에 띄지 않던 쓰레기들이 물 위에 둥둥 떠다니는 모습이 그날 따라 보기 싫었다. 가라앉지 못하고 수면 위를 부유하는 플라스틱 물병과 맥주 깡통들…… 그런데 그 흐린 물밑엔 수백년 묵은 쓰레기들이 또 얼마나 지천으로 쌓여 있을까. 베네찌아에서의 마지막 시간을 이런 뜬구름 같은 감상으로 소일하였다.

열차번호 EN 222, 객실번호 114, 2등석. 침대칸 예약표를 유레일 패스와 함께 객실담당 승무원에게 제시하며 난 좀 자신이 없었다. 내가 산 유레일 패스는 십오일간 자유로이 날짜를 선택해 승객이 직접 빈칸에 승차일을 기입하여 사용하는 플렉시 타입이었는데, 여정이 끝나기도 전에 날짜가 꽉찬 것이다.

지갑엔 현금이 거의 바닥나 있었다. 싼따루치아 역의 매표창구에선 신용카드를 받지 않았다. 체코 돈을 좀 갖고 있어 시내의 은행과 환전소를 찾아갔지만 어디서도 현찰로 바꿔주지 않았다. 낭패였다. 체코 돈은 유럽의 어느 도시를 가도 환전하기 힘들 거라고, 낙심해 돌아서는 내게 은행직원이 한마디 던진다. 돈이라고 다 돈이 아니구나. 경제에 어두운 내가 흰심할 따름이다.

어쨌든 나는 기차를 타야 한다. 내키지 않지만 사기를 치기로 했다. 역무원이 실수로 검사 도장을 찍지 않은 칸의 날짜를 하나 지우고 잘못 기입한 것처럼 막대기를 그었다. 그러면 하루를 연장할 수 있다고 패스 뒷장에 적혀 있었다. 유럽의 야간 열차를 타려면 좌석표와 별도로 침대칸 사용료를 지불해야 한다. 베네찌아에 도착하자마자 침대칸 예약을 해놓은 상태이니 완전한 무임승차는 아니었다.

그래도 마음이 여간 조마조마한 게 아니었다. 그래서 객실담당 차장에게 침대차 예약표와 함께 유레일 패스를 내밀며 사정을 설명하곤 "이 패스가 유효하냐"고 물었다. 그는 날 위아래로 한번 훑어보더니 웃으며 말했다. "괜찮다, 걱정하지 마라." 그러더니 내 가방을 덥석 집어 기차에 실었다.

이거 운수대통이군, 좋아라 하고 당당하게 객실을 찾아 들어갔다. 그런데 정작 문제는 나중에 터졌다. 이딸리아 국경을 넘는데 누군가 문을 요란하게 두드린다. 잠이 들락말락했던 터라 부스스한 얼굴로 나가 보니 제복 차림의 여자 역무원이 아까 그 흑인 차장과 함께 서 있다.

역무원 : 네가 제시한 유레일 패스는 유효기간이 지났다. 그러니 지금 표를 사야 한다.

나 : (객실 차장을 가리키며) 아까 너한테 확인할 때는 괜찮다고 하지 않았느냐. 이제 와서 무슨 소리냐.

차장 : 난 단지 객실담당 차장일 뿐, 이딸리아 철도의 정식 역무원은 아니다. 넌 역의 창구에서 유레일 패스에 유효기간 연장 스탬프를 붙여야 했다.

나 : 하지만 난 지금 이딸리아 돈이 없다. 신용카드나 체코 돈을 받아라.

역무원 : 그건 안 된다.

나 : 그럼 나보고 어쩌라는 거냐. 지금 당장 기차에서 쫓아내겠다는 거냐.

한참을 통로에 서서 실랑이를 벌인 나머지 지겨워진 나는 문가로 다가가 뛰어내리는 시늉을 했다. 내 연극이 성공했는지, 겁을 먹은 이딸리아 여자가 결국 영수증을 끊어주었다. 도착역인 빠리에 내려 요금을 지불하기로 타협을 본 것이다.

겨우 내 객실로 돌아와 잠을 자고 있는데 또 누가 문을 두드린다. 이

194

번엔 프랑스 역무원이었다. 국제열차이니 국경을 넘을 때마다 체크를 하나보다. 인상이 천박해 보이는 중년의 남자가 술 냄새를 풍기며 객실로 들어오더니 내 침대에 걸터앉는 게 아닌가. 이건 좀 위험하다 싶어 목소리를 높였다. 나가서 차장과 함께 얘기하자고 그를 밀치며 객실문을 열었다. 그리고 다시 아까와 똑같은 실랑이, 똑같은 말다툼이 벌어졌다. 이딸리아 차장과 프랑스 철도직원, 그리고 한국 여자인 나. 이 셋이 서로 다른 언어로 떠드니 정신이 하나도 없었다. 흥분하니 영어도 잘 안 나와 알아듣건 말건 되는 대로 주워섬겼다. 어차피 얘네들은 나보단 영어가 짧으니까 틀린 말인지도 모를 거다. 마침내 지난번과 마찬가지로 영수증을 끊는 거로 낙착을 보았다. 화가 나서 따지는 내 목소리가 너무 커서 다른 승객들이 깰까봐, 걱정이 된 차장이 역무원을 설득한 게 효과를 본 것이다.

밤새도록 돈 문제로 신경을 쓴 게 짜증이 나 객실로 돌아와 술 한잔 마시고 잠을 청했다. 여행의 마지막을 참 멋있게도 장식하는구나, 한숨을 쉬며……

빠리 3

오늘이 며칠이더라? 요즘은 날짜 가는 걸 잘 모르겠다. 다시 빠리로 돌아왔다. 여기는 국제대학 기숙사촌의 이딸리아관 221호. 휴게실에서 날짜가 지난 신문을 들춰보거나 밀린 빨래를 하는 등 주로 기숙사 안에서만 먹고 자며 빈둥거렸다. 두 달 넘게 유럽을 떠돌다 모처럼 한곳에 처박혀 한가한 시간을 보내는 재미가 괜찮다.

1996년 7월 5일. 실비가 보일 듯 말 듯 뿌리는 오후에 뽕삐두쎈터(Centre Georges Pompidou)에 갔다. 시내 중심가에 위치한 건물로는 드물게 독특한 골조 노출 구조가 매우 현대적인 느낌을 준다. 밖으로 돌출된 원색의 거대한 금속튜브관들이 인상적이다. 1층의 안내에서 나눠주는 설명서를 읽기 전엔 그것들이 순수한 장식인 줄 착각했는데 사실인즉, 기능에 따라 각각 다르게 색칠을 한 순수한 설비기관들이었다. 에어컨은 파란색, 전기는 노랑, 상하수도는 녹색, 엘리베이터는 빨간색으로 보통 건물의 내부 깊숙이 숨겨두기 마련인 '지저분한 속내'를 바깥으로 자랑스레 드러낸 아이디어가 참신했다. 시에서 건립한 공공건물에 이처럼 자유로운 파격이 허용되다니.

미술관으로만 여겼던 뽕삐두는 영화관, 도서관 등이 딸린 복합문화 공간이었다. 이걸 언제 다 보나…… 구경에 앞서 주눅부터 들었다. 우선 오그라든 배부터 채워야 될 것 같아 2층의 까페에 올라가 자리를 잡고 앉았다. 뭘 주문할지 모를 때 늘 그랬듯이 맘 편하게 '오늘의 메뉴'를 시켰다. 희한한 음식이 나왔다. 얇고 둥근 밀전병 안에 달걀과 치즈, 그리고 푸른 야채 간 것을 한데 버무린 일품요리였다. 요구르트도 섞인 듯 약간 시큼한 게 느끼하지 않고 상큼한 뒷맛이 그만이었다. 이 야릇한 음식의 정체를 알고파서 써비스하는 젊은 남자를 불렀다. 뜻밖에도 멕시코 요리였다. 요리의 이름을 거듭 묻는 내게 그는 "Quesadille"(끄싸디유)라고, 내가 내민 일기장에 직접 써 주었다.

뽕삐두의 미술관에서 영국 화가 프랜씨스 베이컨(Francis Bacon, 1909~92)의 특별회고전을 보았다.

「인물 연습 Ⅱ」(Figure study Ⅱ, 1945~46년)은 베이컨 회화의 특징적인 요소들이 맹아적으로 나타난 좋은 예이다. 평소 베이컨은 자신의 작품들에 '~ 연습'이란 이름을 즐겨 붙였다. "하나의 캔버스는 결코 완성될 수 없으므로" 모든 것은 습작이라는 그의 예술철학을 반영한 제목이다.

그래서 그런가. 완성을 거부하는 그의 캔버스는 수수께끼투성이다. 「인물 연습 Ⅱ」에서 인물은 남자인가 여자인가. 주인공의 성(性)을 알려주는 분명한 단서는 없다. 그림을 보는 우리는 그 혹은 그녀가 왜 실내에서 검은 우산을 쓰고 있는지, 무엇을 보고 놀라 절규하는지 결코 알 수 없다. 그러나 어떤 폭력에의 암시가 화면 전체에 도사리고 있어 그 가공할 공포감만은 실제 상황처럼 리얼하게 체험된다. 옷을 거의 걸

베이컨, 인물연습 II, 1945~46년

치지 않은 인체는 희생물이 무방비 상태라는 걸 강조해주며 긴장감을
고조시킨다.

　정상적인 눈과 귀 그리고 코가 생략된 채 입만으로 표현된 해골 같
은 얼굴이 충격적이다. 거대한 몸에서 분리된 하나의 작은 구멍, 비명
을 지르며 동시에 비명을 삼켜야 하는 입, 자신의 바깥으로 향한 유일
한 출구. 그림의 진짜 주제는 침묵하는 세상을 향해 고독한 절규를 터
뜨리는 바로 이 입이 아닐까.

　몸체에서 떨어져나와 바닥으로 추락할 듯한 두상을 받쳐주고 있는
나무화분은 식물의 평화로운 이미지와는 거리가 멀다. 그것은 검은 입

의 공포를 확대재생산하는 괴물로 살아 꿈틀댄다. 방사형으로 뻗친 날카로운 잎새들은 캔버스에 인간의 고통과 두려움을 메아리치게 하는 확성기의 역할을 한다. 참으로 교묘한 구도이다.

배경으로 깔린 창문은 사건의 무대가 밀폐된 실내라는 걸 말해주며 관객의 궁금증을 가중시키는데, 바로 이 관음증적 시각이 작품을 더욱 의미심장하게 만든다.

베이컨은 입에 대해 일종의 편집증적 집착을 갖고 있었던 것 같다. 「인물 연습 Ⅱ」에 이어 「벨라스께스의 ‘교황 인노껜띠우스 10세’를 본 뜬 연습」(1953년)에서도 우리의 주목을 끄는 것은 절규하는 입이다. 그러나 같은 인간인 교황과 범인(凡人)의 절규는 얼마나 다른가. 후자가 반 누드 상태로 엉거주춤 허리를 굽힌 반면, 교황은 보랏빛 법복에 모자까지 쓰고 금빛 좌대에 당당히 앉아 있다.

그리고 그는 소리 지른다. 그 외침이 사람들을 겁주기 위한 협박성 으르렁인지, 「인물 연습 Ⅱ」에서처럼 놀람에서 나온 비명인지는 분명치 않다. 그런데 자세히 살펴보면 후자의 경우에도 희생양의 비명이라기엔 석연치 않은 구석이 있다. 즉 단단한 바윗덩어리처럼 모델링된 인체는 몸집이 너무 비대해 위협적이기까지 하다. 그는 폭력의 주체인가 대상인가. 가해자인가 피해자인가. 이 모호함이야말로 베이컨 회화의 본질인지도 모른다. 피학과 가학의 본성을 한몸에 지닌 인간, 당신도 나도 돌연 야수로 표변할 수 있다는 것.

같은 주제를 다룬 벨라스께스의 「교황 인노껜띠우스 10세」(1650년)에 비교하면 베이컨의 교황은 얼마나 과격한가. 17세기의 화가가 냉정하게 비꼰 천상의 권위와 세속적 권력의 모순을 20세기의 화가는 난폭하게 파헤친다.

베이컨, 벨라스께스의 「교황 인노껜띠우스 10세」를 본뜬 연습, 1953년

　　기독교의 신성에 정면으로 도전하는 이미지들을 창조해낸 베이컨은
「'십자가에 못박힘'을 위한 세 개의 습작」 씨리즈들을 통해 신과 인간
모두를 도마 위에 올린다. 제목과 달리 화면 어느 구석에서도 십자가나
예수는 보이지 않지만, 난 이 그림들이 20세기에 그려진 가장 뛰어난

벨라스께스, 교황 인노껜띠우스 10세, 1650년

종교화라고 생각한다. 세 폭 제단화 형식을 차용한 삼면화(1962년 작)
에서 우리는 난자당한 살과 피가 범벅이 된 학살의 현장을 맞닥뜨리게
된다. 도살장을 연상시키는, 피비린내 진동하는 그림 앞에서 나는 혼잣
말로 중얼거렸다.

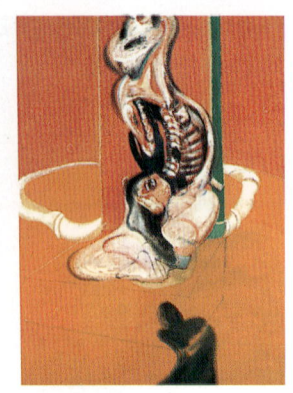

베이컨, '십자가에 못박힘'을 위한 세 개의 습작, 1962년. 오른쪽/ '십자가에 못박힘'을 위한 세 개의 습작 (부분)

"하늘의 신이시여, 당신의 아들이 십자가도 없이 처형되는데 그냥 보고만 계시렵니까. 인간이여, 그대는 지금 무엇을 하고 있는가."

그림은 묻는다. 그러나 창 밖은 캄캄한 어둠뿐이고, 신도 인간도 대답하지 않는다.

기하학적 색면으로 매끄럽게 처리된 배경과 대조적으로 인물들은 물감을 두텁게 뭉갠 표현적인 터치로 그려져 있다. 그래서 그 명징한 색과 형태의 대비 속에서 체감되는 섬뜩함이 더욱 절절하게 다가온다. 추상과 구상을 결합한 베이컨의 그로테스크한 리얼리즘. 현실은 있는 그대로 재현하기엔 너무도 엄청나서 그처럼 왜곡될 수밖에 없는지도 모른다.

우리가 인간이기 이전에 서로 먹고 먹힐 수 있는 살덩이라는 사실을 소름끼치게 보여준 베이컨. 그가 생생하게 증언한 '짐승의 시간'은 우리를 숨막히게 한다. 그가 극적으로 재현해낸 우리 시대의 일상 속에 잠재된 야만과 폭력은 관객으로 하여금 작품을 편안히 서서 구경할 수

없게 만든다. 우리는 그의 그림들을 '보는' 것이 아니라 온몸의 신경을 곤두세운 채 '경험해야' 하기 때문이다.

전시실을 돌며 나는 줄곧 그 악몽과도 같은 이미지들로부터 도망치고 싶었다. 그럼에도 그의 화폭에서 쉽게 눈을 뗄 수가 없었던 까닭은 무엇이었을까. 그 끔찍한 기억을 되살리는 게 싫어서 이 글을 쓰는 지금도 난 이토록 머뭇거려야 하는데……

7월부터 10월까지 영국이 낳은 이 세계적인 화가의 회고전이 열리는 동안 뽕삐두의 영화관 '스튜디오 5'에선 그의 생애와 예술에 관한 다큐멘터리 필름들이 상영되고 있었다. 뜻밖의 열기이다. 베이컨이 이처럼 대단한 화가인 줄은 미처 몰랐다. 그에 대해 좀더 알아야겠다 싶어 전시실을 나와 미술관 구내서점에 들렀다. 수십종의 화집을 비롯해 각종 비디오 테이프들과 관련 자료들이 진열대에 수북히 쌓여 있었다. '베이컨과의 대화'라는 제목이 붙은 대담집만도 여러 권이 나와 있다. 그는 글을 쓰는 작가가 아니라 그림을 그리는 화가인데, 말이 뭐 중요하다고 이 난리인가. 내 상식으론 잘 이해가 안 됐지만, 가능한 모든 수단을 통해 이루어지는 한 예술가에 대한 철저한 해부가 부러운 건 사실이었다.

영화는 재미있었다. 작품에서 풍기는 이미지와는 달리 그는 매우 섬세하고 아름다운 남자였다. 마치 춤추는 듯 약간 과장된, 우아한 몸놀림이 인상적이다. 호모라서 그런가? 인터뷰 도중 계속 술을 마시며 상대에게도 잔을 권하는 그는 카메라를 전혀 의식하지 않는 것 같다. 그만큼 자유롭다는 표시일 거다. 간혹 대화 도중에 느닷없이 질문을 던져

기자를 난처하게 만들기도 한다. 가령 이런 식이다. "나는 여자보다도 남자를 좋아한다. 당신은 그것이 죄라고 생각하는가?"

밤에 숙소로 돌아와 뽕삐두에서 산 화집을 읽으며 나는 프랜씨스 베이컨이라는 인간에게 깊이 매료되었다.

베이컨은 1909년 아일랜드의 가난한 말 조련사의 아들로 태어났다. 그는 정규교육을 전혀 받지 못했다고 한다. 16세에 아버지와의 불화로 집을 뛰쳐나온 뒤 베를린과 빠리, 런던을 전전하며 생계를 위해 요리사, 가구 디자이너 등 여러 직업에 종사했다. 그가 화가가 되기로 결심한 것은 1928년 빠리에서 삐까소의 전시회를 본 뒤부터다. 십여년의 외로운 작업 끝에 1944년경 베이컨은 돌연 입체파의 영향을 벗어나 자기 스타일을 확립하며 화단의 주목을 받기 시작한다. 그는 이미 한물간 퇴물로 취급되던 리얼리즘 회화에 새로운 가능성을 열어주며 일약 세계적인 화가로 떠올랐다.

그는 항상 소문을 몰고 다녔다. 개인전을 열 때마다 애인들이 하나씩 죽은 것은 우연의 일치라기엔 너무 불길하다. 1962년 런던의 테이트 갤러리에서 최초의 회고전이 개최됐을 때는 피터 레시가, 그리고 1971년 빠리의 그랑빨레 전시에는 조르주 다이어가 세상을 떠났다. 도덕적 금기를 깨는 베이컨의 사생활 또한 세인들의 입방아에 올랐다. 마약, 알코올 중독, 동성연애, 도박…… 그러나 뜬구름처럼 사회의 변방을 떠돌다가도 그는 늘 다시 자신의 비좁은 작업실로 돌아왔다.

외양간을 개조해 만든 그의 스튜디오를 보았다. 세상에. 더이상 어질러질 수 없을 정도로 어질러진 방, 그건 차라리 쓰레기 창고에 가까웠다. 이런 완벽한 무질서가 있을 수 있나. 나도 한국에서 더럽기로 악명 높은 화가들의 작업실을 어지간히 보았다. 하지만 이처럼 발 디딜

피터 비어드, 프랜씨스 베이컨의 작업실, 1975년

틈은커녕 손 뻗칠 공간도 없이 난잡한 방은 처음이다.

자신을 속박하는 모든 억압기제로부터의 해방을 꿈꾸고 자신의 인생과 예술을 '저질렀던' 베이컨. 그처럼 몸과 영혼이 자유로웠던 사람에겐 타인의 시선은 별 의미가 없었을 것이다. 자신의 작품에 쏟아지는 찬사와 비난을 이해하지 못했던 그는 1992년 세상을 뜨기 직전에 이뤄진 프랑스의 비평가 미셸 아생보(Michel Archimbaud)와의 마지막 대담에서 이런 말을 남겼다.

사람들이 내 작품을 어떻게 평가하는가는 나의 문제가 아닙니다. 그것은 그들의 문제입니다. 나는 다른 사람들을 위해서 그림을 그리지 않습니다. 나는 나 자신을 위해서 그립니다.

기숙사 생활은 편리하기는 하나 의사소통이 안 되어 가끔 문제를 일으켰다. 빠리에 유학온 이딸리아 학생들을 위해 지은 집이라 이들과 더불어 생활하려면 불어나 이딸리아어, 둘 중에 하나는 더듬거릴 정도는 되어야 한다. 불행히도 난 둘 다 젬병이다. 내가 자신있게 구사할 수 있는 불어는 '봉주르'(안녕하세요)와 '메르씨'(감사합니다) 뿐이다.

'안녕하세요'도 두 가지가 있다. 그 '안녕'이 아침이냐, 저녁이냐에 따라 각각 '봉주르'와 '봉수와'로 갈라진다. 그런데 그 놈의 저녁이 언제부터를 말하는 건지, 오후 5시부터인지 7시부터인지 알아야 할 것 아닌가. 만나는 한국 사람마다 붙잡고 물어보았는데 말들이 다 다르다. '잘 자라'는 뜻의 밤인사이니 캄캄해진 뒤에 써야 옳다는 얘기도 있고, 퇴근 무렵 즉 5시경부터 적용해야 옳다는 주장도 있었다. 그래서 나는 그때그때의 감각에 의존하기로 했다. 대충 날이 어두워졌다고 느끼면 눈이 마주친 아무에게나 '봉수와'를 남발한 것이다

빠리에 오래 있다 보니 그 사이 몇마디를 더 배웠다. '빠르동'(용서하세요) '엑스뀌제 므와'(실례합니다) '씰부쁠레'(부탁드립니다) 프랑스어에 능통한 어떤 선생이 언젠가 내게 충고한 적이 있다. 이 세 가지 말만 적시에 사용할 줄 알면 프랑스에서 생활하는 데 큰 불편은 없을 거라고. 그래서 그 세 가지 표현의 미묘한 차이를 학습했다. 예컨대 지하철에서 누군가의 발을 밟았을 때는 '빠르동', 모르는 사람을 붙잡고 길을 물어볼 때는 '엑스뀌제 므와', 레스또랑에 들어가서 음식을 주문하기 위해 종업원을 부를 땐 '씰부쁠레 무슈(혹은 마담)' 하는 식으로 실제 상황에 맞춰 연습을 했다.

그런데 빠리 사람들과 접촉하면 할수록 혼동이 왔다. 내가 배우기론 분명히 '씰부쁠레'를 해야 마땅한 경우인데도 '엑스뀌제 므와'라고 말하는 게 아닌가. 언어체계가 헷갈리기 시작한 나는 당황하면 단어들이 한꺼번에 튀어나와 애를 먹기도 했다. 어떨 땐 프랑스어만으론 부족해

'빠르동'과 '엑스뀌제 므와'를 정신없이 연발하다 영어로 "sorry"까지 덧붙인 적도 있다.

7월 6일 밤, 나는 빠리의 레알(Les Halles)에 있는 어느 비디오테크에 앉아 있었다. 기숙사에서 사귄 으제니아가 빔 벤더스의 영화를 보러 가자고 청했을 때 선뜻 따라나선 게 화근이었다.

영화는 시작부터 좀 이상했다. 독일 감독이 만든 작품으로 무대는 베를린인데, 제목은 「Summer in the City」라 붙어 있고 대사는 독일어 액쎈트가 섞인 영어로 녹음되어 있다. 그리고 자막은 프랑스에서 상영되는 필름이니 당연히 불어. 그야말로 다국적으로 짬뽕된 영화인 셈이다. 국제적인 것까진 좋은데 한 시간 넘게 눈과 귀가 따로 놀아야 하는 감각의 분열과 긴장을 견디어야 하니 무척 피곤했다. 설상가상으로 옆 좌석의 으제니아는 날 배려한다고 장면이 바뀔 때마다 들릴 듯 말 듯 한 귀엣말로 영어 통역을 해주는 게 아닌가. 난 그녀의 과잉친절이 버거웠다. 독일 그림에 영어 대사, 프랑스어 자막, 그리고 또 으제니아의 이딸리아어 억양이 강한 영어 속삭임. 외국어의 홍수 속에서 불쌍한 나의 신경줄은 거의 끊어지기 일보직전이었다. 그러니 화면이 제대로 들어왔겠는가.

내용은 좀 따분했다. 감옥에서 막 출소한 어떤 젊은이가 옛날 여자친구를 찾아가며 겪는 그렇고 그런 부조리가 답답했다. 소위 예술영화답게 야릇한 아이러니로 가득찬 작품이다. 제목은 「도시의 여름」인데 영화 속의 풍경은 겨울이고, 독일 영화인데 중간에 삽입된 곡들은 전부 미국 노래이다. 나는 이처럼 내용과 형식 양자가 공히 심각한 영화를 별로 좋아하지 않는다. 겉포장과 속이 모두 복잡해져버리면 머리가 어

208

지러워 돌아버릴 것 같다.

　졸다 깨다를 되풀이하며 간신히 영화를 감상하는 시늉만 하고 있는데 관중석에서 갑자기 폭소가 터져나왔다. 정신이 번쩍 든 나는 무슨 영문인지 몰라 옆자리의 으제니아에게 물어보았다. 그녀의 설명인즉, 영화 속에서 여자가 텔레비전을 보는 남자에게 "피곤하니?"(Aren't you tired?)라고 묻는 대사가 나오자 관객 중의 한 남자가 "그렇다"(Oui)라고 큰소리로 대답했다는 것이다. 멍청하게 텔레비전만 보던 스크린 속의 남자를 현실의 남자가 한방 먹인 셈이다. 프랑스 사람들이란! 정말 유머감각이 뛰어나다. 그날 밤 극장 안엔 나만큼이나 '피곤해' 머리가 살짝 돌아버릴 지경인 사람이 또 있었나보다.

　루브르(Louvre)는 이번이 세번째 방문이다. 1995년 겨울에 처음 왔을 때는 그 어마어마한 규모에 질리고 비싼 입장료에 열을 받아 입구에서 관람을 포기하고 돌아갔었다. 두번째는 두 달 전에(1996년 5월) 어머니에게 구경을 시켜드린다는 확실한 목적으로 미술관을 찾았었다. 벽의 곳곳에 표시된 화살표를 따라가 그 유명한 「모나리자」 앞에서 기념사진 한장 박은 걸로 우리 모녀는 세계 최대규모의 소장품을 자랑한다는 루브르를 가볍게 빠져나왔다. 고대 이집트의 유물에서부터 19세기 회화에 이르기까지 도저히 하루에 다 볼 수 없는 엄청난 양의 작품들을 한곳에 몰아넣은 그 발상 자체가 내겐 미친 짓으로 여겨졌다.

　부르봉이라는 절대권력의 자기과시욕에서 나온 광기가 아니고는 불가능한 일이다. 걸작들을 안치한 거대한 공동묘지를 주마간산하는 동안 특별히 기억에 남는 작품은 없었다.

　와또(Jean Antoine Watteau, 1684~1721) 또한 그렇게 무심코 스쳐간 대가 가운데 하나였다. 잘 차려입은 선남선녀들이 짝을 지어 하릴없이 왔다갔다하는 풍경은 내게 별다른 감흥을 불러일으키지 않았다. 게다가 난 원래 장식적인 로꼬꼬 양식을 좋아하지 않는 편이라서 더 빨리, 대강대강 그림들을 훑었을 게다. 그러고 나서 한참 뒤 어느 날, 귀국을 앞두고 무료한 시간에 책을 읽다가 와또를 재발견하게 되었다. "오직 모짜르트와 키이쯔만이 와또의 저 은밀하고 쓰디쓴 달콤함에 필적할 수 있으리라"(Michael Levey, *From Giotto to Cézanne*, London; Thames and Hudson, 1989, 214면)

쓰디쓴 달콤함이라…… 연애가 일으키는 감정의 혼란을 절묘하게 표현한 문구에 반해 부랴부랴 루브르를 다시 찾았다.

사랑과 미의 여신인 비너스의 제단 앞에서 맹세를 한 뒤 낙원의 섬 씨테르(Cythére, 비너스가 그 근처의 바다에서 태어났다고 전해지는 그리스 남쪽에 있는 작은 섬)를 떠나는 남녀 쌍들이 등장하는 「씨테르 섬의 순례」(Pélerinage á L'ile de Cythére, 1717년)는 이른바 전원의 축제(fête champêtre)의 전통에 속하는 작품이다.

정원을 배경으로 낭만적인 인물들이 등장하는 풍속화는 서양미술에서 끊임없이 되풀이 그려진 주제로 띠찌아노의 『전원의 연주』(1510년)는 르네쌍스 시대에 나온 가장 대표적인 '전원의 축제'이다. 18세기에 접어들어 와또는 이 주제를 우아하게 변형시켜 사랑의 축제(fête galante)라는 말이 생겨났다. 루벤스의 「사랑의 정원」(1632년)이나 마네의 『풀밭 위의 식사』(1863년)도 모두 이 계열의 작품들이라 할 수 있다.

그런데 비슷한 주제를 다룬 루벤스의 혈기왕성한 연인들과 달리 와또의 인물들은 생기가 없다. 물안개가 아련히 피어오르는 바닷가를 배경으로 화사한 비단으로 치장한 신사숙녀들이 지금 놀고 있는 건지 꿈

와또, 씨떼르 섬의 순례, 1717년

을 꾸는 건지 모르게 맥빠진 분위기이다. 마치 연극하는 듯한 가식적인 포즈들, 훅 불면 날아갈 듯이 가볍고 나른한 형태들은 프랑스 혁명 전야의 부패한 귀족사회를 연상시킨다. 우아(優雅)가 좀 지나쳤다고나 할까. 중앙의 언덕에 서서 고개를 살짝 돌린 여인을 못 찾았다면, 향수 냄새가 코를 간지르는 이 그림을 난 또다시 지나칠 뻔했다.

　오른쪽에서부터 왼쪽으로 이어지는 세 쌍의 행렬이 이 작품의 주제를 함축하고 있다. 분홍 장미로 장식된 비너스 조각 아래에서 한창 둘만의 유희에 몰두한 남과 여, 그들 바로 옆에서 회롱을 멈추고 그만 일어서려는 또다른 한쌍이 있다. 주저앉은 여자와 그 여자의 손을 잡고 억지로 일으켜세우려는 남자의 자세가 대조적이다. 그리고 세번째 커플은 낙원을 떠나려 지팡이를 든 채 걸음을 재촉하고 있다. 그런데 이게 웬일인가. 여인이 홀로 뒤를 돌아보고 있다. 멀리 선창가에선 그들을 태우고 갈 배가 기다리고 있는데, 그들을 위한 시간이 끝났다는 걸 못내 아쉬워하는 걸까?

남녀 쌍들을 일렬로 배열한 것은 사랑이 무르익고 시들다, 마침내 떠나는 시간의 흐름을 따른 것이다. 지금 뒤돌아보는 여자도 과거엔 오른쪽 남녀처럼 신 앞에서 영원한 사랑을 속삭였으리라. 그녀의 남다른 우수를 말해주려는지 남자의 반짝이는 붉은 옷과 대조적으로 여자는 어두운 갈색 드레스를 걸치고 있다. 미묘한 색채대비, 서로 다른 심리 상태에 조응하는 인물들의 몸짓, 정교하게 짜여진 연극대본 같은 구성이다.

와또의 일견 달콤해 보이는 그림엔 이처럼 돌이킬 수 없는 것을 돌이키려 하는 자의 비애가 짙게 배어 있다.

루벤스, 사랑의 정원, 1632년

들라크르와, 알제리의 여인들, 1834년

　우수미(優愁美)에 관한 한 와또는 서양미술사에서 매우 독보적인 존재이다. 그의 멜랑꼴리는 들라크르와를 예견하나, 후자보다 더 힘이 없고 원초적이며 빠져나오기 힘든 생의 덫으로 인물들을 덮어씌우고 있다. 한편 「씨테르 섬의 순례」에서 과거를 반추하는 여자의 얼굴은 그리 쓸쓸해 보이진 않는다. 와또의 경우 생의 허무는 인물의 얼굴보다는 그를 에워싼 사람들이나 환상적인 풍경들, 덧없는 분위기에서 흘러나와 서서히 주인공을 향해 옥죄어온다. 그것은 「질르」(Gille)에서 보듯이 직업상 노래하고 춤추면서도 울음을 삼켜야 하는 삐에로의 슬픔에 가깝다.

　우울은 그의 운명이었다. 플랑드르 출신의 촌뜨기로 열여덟살에 무작정 빠리에 상경해, 무일푼에 친구 하나 없는 신세로 화가로서 입신하

와또, 질르, 1718년

기 위해 그는 우울보다 더한 신산함을 감내했을 것이다. 광대처럼 자신의 재능과 자존심을 팔아야 할 때도 있었으리라. 인생의 초년기에 너무 고생을 한 탓에 결국 그는 나이 서른일곱에 폐병을 얻어 죽고 만다.

와또의 옆에 걸린 프라고나르(Fragonard, 1732~1806)의 캔버스들은 천박해 보였다. 같은 로꼬꼬라도 얼마나 천양지차인지. 뭐 이런 썩 어문드러진 화풍이 다 있나, 이러니 혁명이 일어날 만도 하지. 간지러운 여자 누드와 동물들이 함께 등장하는 거의 변태에 가까운 장면들이 역겨워 외면하려는데 자그마한 풍속화 한 점이 주목을 끌었다.

「밤의 정경」(1765~68년)은 한마디 걸쭉한 음담패설 같은 그림이다. 불타는 난롯가에서 노인과 아이가 잠든 사이에 남녀가 서로 수작하려 한다. 화롯불에 가구며 사람이며 방안의 모든 게 벌겋게 물들었다는 걸 보여주려 캔버스는 빛나는 주홍색 일색이다.

화가의 따뜻한 유머로 달구어진 춘화(春畵)인데 그의 다른 작품들에 비해 왠지 천박해 보이지 않았다. 같은 외설이라도 귀족의 침대와 서민의 마룻바닥의 차이가 완전히 다른 그림을 만든 것 같다.

통속의 극치인 줄만 알았던 프라고나르에게서 이런 작품이 나오다니. 로꼬꼬의 억지로 꾸민 듯한 우아한 포즈가 배제된 화면에선 일말의 리얼리즘도 엿보인다. 통속과 현실의 거리는 이처럼 가깝고도 멀다.

프라고나르, 밤의 정경, 1765~68년

빠리의 6월. 6월의 밤은 모든 것을 뒤섞는다. 과거와 현재가, 추억과 욕망이, 우정과 사랑이 부드러운 가로등 불빛에 녹아 스러진다. 몽마르트르 언덕이었나, 쏘르본느 근처였나. 노천 까페에 앉아 술을 마시는데 어디선가, 와또의 그림처럼 쓰라리면서도 달콤한 선율이 들려왔다. 갑자기 참을 수 없이 춤이 추고 싶어진 나는 그만 자리에서 일어나 빙글빙글 돌았다. 그때 내 손은 누군가의 어깨에 닿아 있었지만, 그건 혼자 춘 춤이었다. 나 혼자만의 객기였기에 그가 누구라도 좋았던 것이다. 6월의 밤을 잠시 흔들고 지나가는 비였을 뿐……

일요일 오후에 대학 동기인 M의 집에 초대를 받고 갔다. 그의 부인이 정성들여 준비한 점심을 대접받고 감격했다. 갖은 나물에 내가 좋아하는 도토리묵까지 얹은 진짜 한국식 비빔밥이었다. 도대체 음식 재료를 어디서 구했는지, 비행기로 공수했는지 궁금했다.

"도토리묵은 어디서 났어요? 설마 가루를……"

"중국슈퍼에 가면 뭐든지 다 있어요. 도토리 가루를 사다가 집에서 쑨 거예요."

M부부와는 근 10년 만의 만남인데도 워낙 사람들이 좋아서인지 별로 낯설지가 않았다. 우리는 포도주를 마시며 생각나는 대로 아무 얘기나 주고받았다. '아'하면 '어'할 수 있다는 것, 오랜만에 모국어로 수다 떠는 재미를 만끽했다. 각자 그동안 살아왔던 저간의 사정에서부터 동창생들 소식, 빠리와 서울의 생활문화 차이에 이르기까지 종횡무진으로 화제를 옮기며 대화하다 걸린 씁쓸한 자성(自省) 하나 —— 시집을 팔아 돈 많이 벌었냐는 M의 질문에 나도 모르게 "50만부 팔았어"라고 대답했다. '팔렸다'에서 어느새 '팔았다'로 변한 것이다. 수동태에서 능동태로.

7월 9일. 저녁에 쌩 제르멩 데 프레 부근을 산책하다 교회 뒤에 있는 작은 화랑엘 들렀다. 바깥 진열장에서 동양의 사군자 비슷한 판화를 보아 호기심이 발동했던 것이다. 혹시 한국계 화가가 만든 작품이 아닐까 기대하며 가게 주인에게 작가의 국적을 물었다.

"프랑스 여자입니다."

"네? ……그럼 부모 중 어느 한쪽이라도 동양의 피가 섞이진 않았나요?"

"아니오. 순수한 프랑스 혈통의 처녀입니다."

꼬치꼬치 캐물은 내가 좀 계면쩍어졌다. 그녀가 칠한 화초는 근사했다. 서울의 인사동 골목에 내놓아도 손색없을 세련된 솜씨였다. 동양적인 것을 추구하는 유럽인들의 관심이 여기까지 왔는가. 그 열정이 어디까지 갈 것인가. 어쩌면 그들은 우리보다 더 뛰어나게 우리를 표현할 수 있을는지도 모른다.

7월 11일. 삐까소 미술관을 방문하러 나선 길이었다. 지하철을 갈아타기 위해 바스띠유 역에 내렸다. 쎄느 강이 한눈에 들어오는 시원한 전망을 가진 전철역이다. 지상으로 올라온 플랫폼의 벤치에 앉아 잠시 숨을 돌렸다. 바스띠유라면 1789년 프랑스 대혁명의 도화선이 되었던 역사적인 곳이다. 과연 역의 한쪽 벽에 혁명을 기념하는 벽화가 모자이크되어 있었다. 바리케이드를 치고 대포를 굴리는 군중들 옆에 민중을 이끄는 자유의 여신이 보였다. 며칠 전 루브르에서 본 들라크르와의 「민중을 이끄는 자유의 여신」(1830년)에서처럼 날씬한 몸매를 드러낸 관능적인 모습이다. 우리나라 같으면 어림도 없는 일이다. "경건해야 할 역사화에, 많은 대중이 드나드는 공공장소에 이 무슨 낯 뜨거운 그림인가." 줄줄이 들고 일어나 반대했을 것이다. 겨레의 자랑인 유관순

유관순 열사의 표준 영정

누나가 걸친 딱딱한 치마 저고리와 비교해보면 한국과 프랑스 두 나라
의 문화 차이가 단적으로 드러난다. 빠리의 여신에 비하면 우리의 누이
는 수수하기 짝이 없다. 자신의 육체와 신념에 갇힌 성처녀 희생양이
그날 따라 불쌍하게 여겨졌다.

　　마레(Marais) 지구에 있는 삐까소 미술관은 프랑스 전역에 흩어진,
화가가 살았던 수많은 저택들 가운데 하나이다. 1층과 2층에 걸쳐 무
려 20개의 전시실을 둘러보고 난 곧 실망했다. 삐까소의 알짜는 그의
고국인 에스빠냐나 미국에 가 있고 부스러기만 모아놓은 컬렉션이었
기 때문이다. 그러나 그 부스러기만 긁어모아도 엄청나다. 도록에 의하
면 총 소장품이 회화 203점, 조각 158점, 도자기 88점, 드로잉 3,000점,
빠삐에 꼴라주(Papier collages) 16점이다. 한 인간이, 한 사람의 예술

218

들라크루와, 민중을 이끄는 자유의 여신, 1830년

가가 어떻게 이처럼 다양한 장르를 섭렵해 방대한 작품들을 생산할 수 있었는지.

그 마르지 않는 창작의 샘에서 솟아나온 작품들이 청색시대 (1895~1903년) — 분홍시대(1904~6년) — 초기 입체파 시기(1907~9년) 등 연대순으로 진열된 방을 열심히 더듬었건만 나의 갈증을 채워줄 소품 하나 발견하지 못했다. "그림은 아파트를 장식하기 위해 그리는 것이 아니다. 그림은 야만과 암흑에 대항하는 무기이다"라고 강변했던 삐까소는 어디에 있는 것인지……

그날 삐까소 미술관에서 나의 관심을 끈 것은 그림이나 조각이 아니라 한장의 도표였다. 전시실 바깥의 통로 벽에 그가 관계를 맺었던 여인들과 그 사이에서 태어난 자식들, 그리고 그 후손들의 이름이 3대에 걸쳐 작성된 커다란 족보가 붙어 있었다. 부인, 연인, 정부, 관계의 종류

빠블로 삐까소

에 따라 여자들의 이름 옆에 따라다니는 수식어도 다양하다. 모계에 따라 가지를 친 모습이 멘델의 유전가계도 같아 웃음이 나왔다. 자신의 여자를 바꾸는 것만큼이나 자신의 기법을 바꾸길 즐겼던 삐까소를 온전히 이해하려면, 이처럼 멜로드라마에 가까운 사생활 연구도 필요한지 모른다.

7월 13일. 오늘이 프랑스 혁명 기념일 전야라 빠리 시내 곳곳에서 갖가지 진풍경이 벌어졌다. 뽕삐두 광장에 가니 늙수그레한 흑인 남자가 징과 북 그리고 바나나를 매단 금속설치물 앞에 앉아 소리를 지르고 있었다. 못 알아듣는 불어지만 '나쇼날까삐딸리즘'(국가자본주의)라는 말이 귀에 들어와 반가웠다. 여기저기 떼지어 모여 노는 젊은이들을 보니 나도 덩달아 흥분됐다. 전야제가 이 정도이면 디 데이인 내일은 기숙사 친구인 으제니아의 말대로 빠리 전체가 한바탕 들썩거릴 것이다.

7월 14일. 혁명기념일 아침에 나는 방에 앉아 텔레비전을 켜고 샹젤리제 대로에서 열리는 국경일 행사를 시청하고 있었다. 파랑·빨강·하양——프랑스 혁명을 상징하는 세 가지 색으로 디자인된 제복을 입은 군인들이 장중한 음악에 맞춰 거리를 행진했다. 그네들이 걸친 옷들이 군복 같지 않게 멋있고 세련되어 흡사 패션쇼를 관람하는 듯, 삼십분 가량 계속된 행진이 조금도 지루하지 않았다. 제각기 자신들의 신분과 소속부대를 표시하는 총과 칼 그리고 악기를 든 젊은 군인들의 행렬이 끝나갈 즈음 난데없이 앞치마를 두르고 양손에 냄비와 국자를 든 아저씨들이 나타났다. 아마 해군 요리사들쯤 되나보다. 연도에 늘어선 시민들이 박수를 치고 환호성을 지르는 모습에서 그들이 정말로 '지금 이 순간'을 즐기고 있다는 걸 알 수 있었다. 억지로 동원되어 태극기를 흔드는 우리나라의 광복절 풍경과는 사뭇 다른, 카니발처럼 들뜬 분위기였다.

그날 행사의 마지막을 장식한 것은 쟈끄 시라끄 프랑스 대통령이 남아프리카공화국의 넬슨 만델라 대통령과 나란히 서서 사열대의 거수경례를 받는 순서였다. 극우주의자로 알려진 시라끄 대통령이 쟁쟁한 외국의 국가원수들을 제치고 만델라를 그날의 동반자로 택한 것은 무슨 이유에서일까. 프랑스 국내사정에 어두운 나로선 가늠할 수 없는 일이나, 아마도 자신의 대국민 이미지를 높이기 위한 정치적 목적에서 나온 제스처이리라.

혁명기념일을 즐기는 빠리의 젊은이들

밤의 바스띠유 광장은 광란의 도가니였다. 사방에서 쉴새없이 폭죽이 터지고 놀란 사람들이 환호성을 질러댔다. 나는 바스띠유 오페라 극장의 바깥 계단을 점거한 사람들 틈을 비집고 앉아 '남의 잔치'를 구경했다. 군중의 대다수는 10대와 20대의 시퍼런 젊은이들이었다. 어떤 중앙의 통제가 전혀 없이 자유로이 어울려 노는 모습이 보기 좋았다. 임시로 가설된 연단에선 가수가 노래를 부르고 있었지만 주위의 소란에 묻혀 잘 들리지 않았다. 음악에 맞춰 춤추는 사람, 회전목마를 타는 아이들, 키스하는 연인들, 술에 취해 비틀거리는 남자, 그리고 잠자코 옆에서 구경하는 시민들과 관광객들……

열시가 넘었는데도 인파가 줄어들기는커녕 점점 불어나는 추세였다. 밤이 깊을수록 점점 고조되는 축제분위기는 나로선 감당하기 힘든 것이었다. 몇초 간격으로 날아들던 화약이 내 몸을 아슬하게 비껴가

'뻥' 하고 터지는 순간, 서둘러 광장을 빠져나왔다.

그날 밤 늦게까지 나는 잠을 이루지 못했다. 창문을 열고 밤하늘을 수놓은 찬란한 불꽃들을 쳐다보았다.

이제는 희미해진 옛사랑의 그림자가 바람결에 스치고 지나갔다. 언젠가 혁명이란 말만 들어도 피가 끓던 때가 내게도 있었다. 부패한 절대왕정을 무너뜨리고 근대 시민사회를 성립시킨 프랑스 대혁명. 그 마지막 단계였던 빠리꼬뮌은 불과 두어 달밖에 지속되지 못한, 거리의 바리케이드로 세운 허술한 정권이었지만 역사상 최초의 사회주의 정권이었다.

당시 꼬뮌 지배하의 빠리에서 발행된 신문에 실린 칼럼을 읽은 적이 있는데, 그중 한 문장이 지금도 잊혀지지 않는다. "이제 시의 시대는 끝났다. 곧 지루한 산문의 시대가 시작될 것이다." 승리에 도취된 빠리시민들에게 환호성을 멈추고 곧 닥칠 정부군과의 결전을 준비하라는 뜻이었다.

훗날 역사책에 '피의 일주일'로 기록되는 정부군과의 격렬한 시가전 끝에 꼬뮌은 무너졌지만, 그 피로 쓴 시와 산문의 나날들에서 현재 민주국가 프랑스가, 세계에서 가장 아름다운 도시 빠리가 잉태되었다. 이 도시의 세련과 우아는 공짜가 아니었던 것이다.

그것은 진정한 자유와 평등을 얻고자 투쟁했던 프랑스인들의 오랜 혁명의 전통에서 나온 자신감이며 여유이며 개성이었던 것이다.

1789년의 바스띠유 습격에서 1871년 빠리꼬뮌까지, 거의 1세기에 걸쳐 수행된 낡은 것과 새 것의 처절한 싸움. 200여년 전에 흘린 피의 기억이 오늘날 프랑스 국민들에게 무슨 의미가 있을까. 그네들 몸의 실핏줄 어딘가에 바리케이드를 치며 결사항전하던 꼬뮌 전사의 피가 아직도 흐르고 있을까. 확실한 건 성난 군중들이 바스띠유 감옥을 습격한 1789년 7월 14일이 경축일이라는 사실이다. 이들은 왕을 체포해 단두 대로 보낸 국민들의 후손이기에 그렇게 완전히 자기를 풀어헤치고 놀 수 있는지도 모른다는 생각이 들었다. 그래서 놀 땐 놀더라도, 싸울 땐 지난 겨울(1995년 12월) 총파업 때처럼 확실하게 싸울 수 있었을 것이다. 한 달 동안 지하철과 버스의 운행이 전면 중단됐는데도 아무렇지도 않다는 듯 태평스레 걸어다니던 사람들, 시골에서 새벽기차를 타고 내려와 시위대에 합류했다는 어느 할머니의 얘기에 내가 감동했던 것은 이들의 성숙한 시민의식이 부러웠기 때문이다.

7월 17일. 귀국을 하루 앞둔 저녁에 나는 그랑빨레(Grand-Palais)의 벤치에 앉아 내 속의 나를 들여다보고 있었다. 내가 갔던 나라와 도시들의 수를 머릿속으로 헤아려보았다. 런던 — 쾰른 — 브뤼쎌 — 암스테르담, 하나 둘 셋 넷…… 참 어지간히도 돌아다녔구나. 다섯 여섯 일곱…… 나는 왜 여행을 떠났나. 여덟 아홉…… 생을 주체할 수 없어서였나. 열하나 열둘…… 세계를 반바퀴나 돌았건만 결국 내 속을 헤매었구나. 지도에도 없는 나라를 찾아서.

에필로그

  김포공항에 내렸다. 짐을 찾고 세관수속, 환전 등 입국에 필요한 절차를 마치고 청사 바깥으로 걸어나오며 마주친 얼굴들은 왜 그리 여유없어 보이던지. 긴장된 눈빛과 퉁명스러운 표정을 한 사람들이 쏜살같이 앞만 보고 달리는 모습에 정신이 번쩍 들었다. 여긴 한국인 것이다. 눈만 마주쳐도 뱅긋 웃으며 "봉주르"라고 인사하지 않아도 되고, 남의 옷깃을 스쳐도 "빠르동"이라고 미안해하지 않아도 되는 곳. 몇달만 떠나 있으면 신문의 정치면을 해독하기 힘든 나라, 대한민국. 바로 나의 조국인 것이다. 겨우 석달간의 부재였는데, 마치 저 세상에서 이 세상으로 환속한 듯 어지러웠다. 그때 나는 알았다. 이번엔 여기가 낯설어질 차례라는 것을. 이 익숙한 풍경속에서 한동안 나는 거기, 유럽에서보다 더 어색하게 두리번거릴지도 모른다는 것을. 삼십년 넘게 몸 비비고 살아온 이 팍팍한 땅에서 사람들과 더불어 사는 법을 처음부터 배워야 한다는 것을…… 그날의 그 딱딱한 눈빛과 어깨들은 침묵으로내게 가르쳐주었던 것이다.

집으로 돌아왔다. 일산의 17층 아파트로, 그 붕붕거림과 아찔아찔로, 끈적끈적함과 유치찬란함으로. 현관에 들어서자 날 기다리고 있는 것은 석달 동안 쌓인 먼지들, 철 지난 신문더미, 약이 닳아 멈춘 벽시계, 유럽에서 내가 들어갔던 가장 더러운 화장실보다 더 한심한 상태에 처한 욕실에 불을 켰을 때의 그 우울함이라니.

응답전화기엔 나를 찾는 목소리들이 녹음되어 있었다. 어떤 음성은 반가웠고 어떤 것은 피곤했다. '나야, 나——'로 시작하는, 이름을 듣지 않아도 얼굴이 떠오르는 귀에 익은 목소리 덕분에 예전의 나로 돌아올 수 있었다.

곧 나는 지리한 일상을 되찾았다. 이곳의 사람들과 부대끼며 지내는 시간이 길어질수록 잠시 맛보았던 새 세상, '거기'의 추억과 냄새도 차츰 희미해져갔다.

그러나…… 나는 안다. 이것이 끝이 아니라 시작임을. 내가 앞으로도 떠나고 돌아오는 일을 반복하리라는 것을. 내 속의 우울을 들여다보며 이 시대의 우울을 통과하기 위해서

가끔씩 그렇게 표표히 표류해야 하리라.

1997년 봄. 나는 또 여행을 꿈꾼다. 전세계를 돌아서, 전세계보다 더 복잡한 나를 문득 만나고 싶다.

지중해의 쪽빛 바다, 작열하는 태양이 그립다. 그 빛에 과거를 말리어 표백하고 다시 태어날 수 있다면……

작가 후기

이 책에 수록된 글들은 두 차례에 걸친 나의 유럽여행중에 ——
1995년 11월~12월, 그리고 1996년 4월~7월 —— 틈틈이 쓴 일기를
후일 정리해 도시별로 엮은 것이다. 이 가운데 일부는 월간 「길」과 중
앙일보에 연재했던 것이고 나머지는 미발표 원고들이다.

실제로 강렬한 인상을 남겼으나 힘에 부쳐 글로 표현하지 못한 도시
들도 있다. 나뽈리, 뽐뻬이, 엑쌍 프로방스, 암스테르담 등은 언급하지
않고 지나가기로 했다. 처음 쓰는 긴 글이라 막판에 진이 빠지기도 했
고, 한두 곳쯤은 나만의 소중한 기억으로 남겨두는 것도 괜찮을 듯해
서였다.

이 보잘것없는 감상들이 책으로 묶여 나온다면 무엇보다도 렘브란
트에게 미안한 일이다. 나는 미술 이야기를 하고 싶은 게 아니었다. 여
행의 목적이 예술작품을 감상하는 데 있지 않음은 물론, 유럽의 그 허
다한 미술관과 교회들에 채집된 명작들이 오히려 여행의 큰 짐이 되었
다. 아름다운 것들이 지나쳐 아름답게 보이지 않았으니, 캔버스 너머
내가 본 것은 무엇이었나.

이방의 땅을 정처없이 떠돌며 우리와는 사뭇 다른 그네들의 삶의 방식에 때로 부러워하고 때로 어리둥절했다. 그러나 어디를 가든 무엇을 보든 유럽의 창에 거꾸로 비친 우리의 모습이 어른거려 낯선 풍경 속에 날 완전히 집어넣을 수는 없었다. 어쩌다 건진 미술작품들은 그 막막한 여정의 전리품이라고나 할까.

원고가 완성되기까지 일일이 헤아릴 수 없을 만큼 많은 분들의 도움을 받았다. 지저분한 초고를 정리해준 벗들—— 윤주, 말희, 미선 언니 그리고 김순이님의 조언이 없었다면 이 책은 나오지 못했으리라. 컴퓨터를 가르쳐준 정호영님, 도서관에서 귀중본을 대출하는 수고를 마다 않으신 정호웅 선생님, 사진을 찍어주신 빠리의 이용재님과 권태선님, 영국의 양난주님 그리고 홍대 후배들에게도 감사드린다. 역사적 사실을 확인해준 강옥초님, 자료를 복사해준 강주안 기자, 그리고 문선모 부부의 친절한 배려는 잊지 못할 것이다. 함께 여행하며 고생하셨던 어머님께는 죄송할 따름이다.

그리고 또 어찌 이 분들뿐이랴. 미술의 문외한이던 내게 그림 보는 재미를 처음으로 일깨워준 이은기 선생님께 뒤늦게나마 감사의 말을 올리고 싶다. 바쁘신 와중에도 글을 읽고 아름다운 촌평을 보내주신 멀리 핀란드의 이인호 은사님께 큰 은혜를 입었다. 아울러 느닷없는 청에 기꺼이 응해주신 박재동님과 주철환님에게도 고마움을 전하고 싶다. 이 분들의 따뜻한 관심과 격려는 앞으로 내 삶의 빛이 될 것이다.

1997년 4월
최 영 미

그림목록

가브리엘레 뮌터, 듣기, 1909년, 렌바흐 하우스, 뮌헨　　126면

고야, 1808년 5월 3일, 1814년, 쁘라도 미술관, 마드리드　　88면

고야, 까를로스 4세의 가족, 1800년, 쁘라도 미술관, 마드리드　　85면

고야, 인형놀이, 1791년, 쁘라도 미술관, 마드리드　　84면

고야, 죽은 닭들, 1808~12년, 쁘라도 미술관, 마드리드　　87면

꾸르베, 바닷가, 1865년, 발라프 리하르츠 미술관, 쾰른　　47면

끌랭, 무제(I. K. B), 1960년　　96면

달리, 기억의 고집　　191면

뒤러, 자화상, 1500년, 알테 피나코테크, 뮌헨　　130면

들라크르와, 민중을 이끄는 자유의 여신, 1830년, 루브르 미술관, 빠리　　219면

들라크르와, 알제리의 여인들, 1834년, 루브르 미술관, 빠리　　213면

띠찌아노, 삐에따, 1576년, 아까데미아 미술관, 베네찌아　　189면

띠찌아노, 성스러운 사랑과 세속적인 사랑, 1514년, 보르게제 미술관, 로마　　187면

렘브란트, 눈살을 찌푸린 자화상(동판화), 1630년, 렘브란트 미술관, 암스테르담　　136면

렘브란트, 눈을 크게 뜬 자화상(동판화), 1630년, 렘브란트 미술관, 암스테르담　　137면

렘브란트, 도살된 소, 1655년, 루브르 미술관, 빠리　　86면

렘브란트, 뮌헨 자화상, 1629년, 알테 피나코테크, 뮌헨　　134면

렘브란트, 사도 바울로 분장한 자화상, 1661년, 국립미술관, 암스테르담　　138면

렘브란트, 서른네살의 자화상, 1640년, 내셔널 갤러리, 런던　　43면

렘브란트, 야경, 1642년, 국립미술관, 암스테르담　　41면

렘브란트, 외치는 듯 입을 벌린 자화상(동판화), 1630년, 렘브란트 미술관, 암스테르담　　136면

렘브란트, 웃는 자화상(동판화), 1630년, 국립미술관, 암스테르담　　137면

렘브란트, 커다란 자화상, 1652년, 미술사 박물관, 빈　　158면

렘브란트, 켄우드 자화상, 1663년, 켄우드 하우스, 런던　　11면

렘브란트, 쾰른 자화상, 1668~69년, 발라프 리하르츠 미술관, 쾰른　　39면

로댕, 발자끄, 1892~98년, 로댕 미술관, 빠리　　76면

로댕, 성당, 1908년, 로댕 미술관, 빠리　　71면

로댕, 신의 손, 1902년, 로댕 미술관, 빠리 70면

로댕, 지옥문, 1880~1917년, 로댕 미술관, 빠리 75면

로댕, 키스, 1888~98년, 로댕 미술관, 빠리 73면

로스코, 검정 위에 밝은 빨강, 1957년, 테이트 갤러리, 런던 17면

루벤스, 레우낍뿌스 딸들의 약탈, 1617~18년, 알테 피나코테크, 뮌헨 133면

루벤스, 사랑의 정원, 1632년, 쁘라도 미술관, 마드리드 212면

마더웰, 에스빠냐공화국에 바치는 비가, 1975년, 국립현대미술관, 뮌헨 143면

마띠스, 마띠스 부인의 초상, 1905년, 마띠스 미술관, 니스 92면

마스터 휴고(Master Hugo), 계율을 해석하는 모세, 1130~40년 경, 코퍼스크리스티대학,

    캠브리지 66면

마싸치오, 공동체의 산물을 분배하는 성 베드로와 아나니아의 죽음(부분), 1424~25년. 111면

마싸치오, 낙원에서 추방된 아담과 이브, 1424~25년,

    싼따 마리아 델 까르미네 교회, 피렌쩨 102면

마싸치오, 삼위일체, 1428년, 싼따 마리아 노벨라 교회, 피렌쩨 106면

마싸치오, 지방장관의 아들의 부활과 주교좌에 앉은 성 베드로(부분), 1424~25년,

    싼따 마리아 델 까르미네 교회, 피렌쩨 104면

말레비치, 검은 원, 1923년, 국립 러시아 미술관, 쌍뜨 뻬쩨르부르끄 117면

미껠란젤로, 론다니니 삐에따, 1555~64년, 스포르체스꼬 성의 고전미술관, 밀라노 56면

미껠란젤로, 바띠깐 삐에따, 1499년, 성 베드로 성당, 바띠깐 58면

베르메르, 편지, 1666년, 국립미술관, 암스테르담 113면

베이컨, '십자가에 못박힘'을 위한 세 개의 습작, 1962년, 구겐하임 미술관, 뉴욕 202면

베이컨, 벨라스께스의 「교황 인노껜띠우스 10세」를 본뜬 연습, 1953년, 데프와네 미술쎈터,

    데프와네, 아이오와 200면

베이컨, 인물연습 II, 1945~46년, 허더스필드 미술관, 허더스필드 198면

벨라스께스, 교황 인노껜띠우스 10세, 1650년, 도리아 빰필리 미술관, 로마 201면

벨리니, 싼지오베 제단화, 1490년, 아까데미아 미술관, 베네찌아 182면

벨리니, 초원의 성모, 1050년, 내셔널 갤러리, 런던 183면

브뤼겔, 겨울, 1565년, 미술사 박물관, 빈 161면

브뤼겔, 꿈나라 동산, 1566년, 알테 피나코테크, 뮌헨 132면

브뤼겔, 시골 결혼식, 1568년, 미술사 박물관, 빈 164면

브뤼겔, 아이들 놀이, 1560년, 미술사 박물관, 빈 166면

브뤼겔, 이까로스의 추락, 1555~58년, 왕립미술관, 브뤼쎌 33면

삐까소, 게르니까, 1937년, 쏘피아 미술쎈터, 마드리드   81면

샤갈, 낙원에서 추방된 아담과 이브, 1961년, 샤갈 미술관, 니스   92면

와또, 질르, 1718년, 루브르 미술관, 빠리   214면

와또, 씨테르 섬의 순례, 1717년, 루브르 미술관, 빠리   211면

작자 미상, 디오니쏘스, 기원전 438~432년경, 대영박물관, 런던   19면

작자 미상, 세 여신, 기원전 438~432년경, 대영박물관, 런던   18면

지오또(?), 새들에게 설교하는 성 프란체스꼬, 1290~1300년, 성 프란체스꼬 교회, 아씨지   65면

지오르지오네, 늙은 여인, 1502~3아까데미아 미술관, 베네찌아   184면

지오르지오네, 폭풍, 1500~10년경, 아까데미아 미술관, 베네찌아   186면

카스트너, 풀은 역사 위에 어떻게 자라는가, 1995년 12월, 예술의 집, 뮌헨   120면

카스트너, 풀은 역사 위에 어떻게 자라는가, 1996년 5월, 예술의 집, 뮌헨   120면

콜비츠, 독일의 아이들은 굶주린다, 1924년, 케테 콜비츠 미술관, 쾰른   52면

크라나흐, 낙원, 1530년, 미술사 박물관, 빈   169면

키르히너, 써커스의 여자 곡마사, 1912년, 국립현대미술관, 뮌헨   140면

포포바, 연극배우를 위한 노동복, 1921년   118면

프라고나르, 밤의 정경, 1765~68년, 루브르 미술관, 빠리   215면

피터 비어드, 프랜씨스 베이컨의 작업실, 1975년, 사진작품   206면

할스, 성 게오르그 시민경비대의 연회, 1616년, 프란츠 할스 미술관, 하를렘   42면